芝居茶屋たけの家味ごよみ

大根役者といかのぼり

佐々木禎子

角川文庫
24590

目次

第一章　大根役者といかのぼり

冷えきった朝の空気が芝居茶屋の土間にしんしんと広がっていた。

天保《てんぽう》十四年、一月二日。

初荷も神楽《かぐら》もはじまって、表通りを人が行き来している浅草猿若町《あさくささるわかちょう》――公許芝居の小屋が集められた町の一画。

高村《たかむら》座の裏に店を構えた芝居茶屋――『たけの家《や》』の朝である。

芝居茶屋とは、芝居小屋の観客たちに食事や飲み物を提供する店である。『たけの家』は小茶屋で、町人たちを客にして五目稲荷《いなり》や簡単な総菜を売っている。

おなつが表の格子戸をからりと開けると、店の前の路地に立った霜柱が、薄い日差しに照らされ、白い。

おなつは『たけの家』の若女将《おかみ》だ。

今年、二十二歳で、まわりからは行き遅れを心配される年齢だ。けれど未婚ゆえ、島田髷《しまだまげ》に歯も白く、眉《まゆ》を落としていないものだから、年よりずっと若く見える。

笹の葉の形の目元がすっきりとして爽《さわ》やかだ。薄い唇の口角はいつも笑みを湛《たた》える形できゅっと上がっている。たすき掛けした紅柿色の弁慶格子の小袖《こそで》姿で、しゃきしゃきと働く彼女には凜々《りり》しいという言葉がよく似合う。

「おなつさん、箱膳《ぜん》は何個用意しておきましょうか」

奥の間の小上がりからおなつの名を呼んだのは、お茶子のおすえだ。

お茶子は、茶屋の下働きだ。

「そうねぇ。歌舞伎の興行は十三日からよ。他の店はさておいて、年末に開店したての、うちの暖簾《のれん》を掲げたところで、お客さんは来ないかも。猿若町の木戸をくぐるための木戸札の予約も入ってないんだし、いま見たところ、うちの前は人の通りもそんなでもなさそうだから、ひとつかふたつ……ひとつかふたつ……」

告げた途端「ひとつかふたつ……」と返した自分の弱気に、胸がしゅんと萎《しお》れる。ひとりかふたりしか客が来ないかもと思うだなんて、そんな気構えで店をやっていけるのだろうか。

おなつが胸中で自分を叱咤《しった》しながら振り返ると、奥の小上がりで箱膳の用意をしていたおすえの頬が、見る間に赤くなっていく。

肩を小さくすぼませるおすえの様子に「なんだろう」と首を傾げていたら、おすえが小声で、

「……おなつさん、じゃなくて、若女将ですよね。ごめんなさい」

と言い直した。

『たけの家』が猿若町に越してきたのはつい五日前の年末だ。

慌ただしい引っ越しを経て開店し、おなつが若女将をつとめることになったのだが――おすえはいまだそれに慣れておらず、ついこれまで通り「おなつさん」と呼びかけ、言い間違える度にこんなふうにしゅんとする。

もちろん、おなつもまだ自分が店主であることに不慣れなままだ。

「いいのよ。別に。私もまだ若女将って呼ばれてもぴんときやしないんだから」

笑って返すと、おすえが顔を強ばらせてぶんぶんと首を横に振る。

おすえは数えで十一歳。彼女のふっくらと丸い頬に、淡いうぶ毛がきらきらと光っていた。

『たけの家』は裏見世で二階建てだが間口は狭い。入り口近くの見世棚にはまだなにも載せておらず、総菜作りはこれからだ。

水に浸した米は炊かれるのを待っているし、早朝にぼてふりから買った烏賊《いか》も盥《たらい》の水のなかで身をくねらせている。

──寝坊したわけじゃないのに、私の段取りが悪いもんだから。

「……おすえちゃん、いっそ今日もまだ休みにしない？」

店を背負う重責と不安が、おなつに、たわけたことを言わせてしまう。開けてないなら、料理ができていなくても、客が来なくても言い訳がきくなんて──とんでもない後ろ向きの解決策すぎて、目眩《めまい》がしそう。

「だめですよ。暖簾は出しましょう」

おすえが慌てたように、小上がりから降りて下駄をつっかけ、暖簾を手にして駆けてきて──おなつの手前でぱたりと転んだ。

「おすえちゃんっ。大丈夫？」

おなつは転んだおすえを抱き起こす。おすえは、暖簾だけは汚してはならないと咄嗟《とっさ》に思ったのか、両手を宙に掲げていた。そのせいで、額から土間に突っ伏してしまい、額と鼻の頭に擦り傷がついている。

「若女将……ごめんなさい」

涙目になって、けれど必死で痛みを堪《こら》えているおすえのけなげさに、おなつの胸がじわりと熱くなる。

「あやまることなんてないのよ。――おすえちゃんの傷を手当てしてから、暖簾もかけましょう。店を、開けるわ」

いまのは、自分が悪かったとおなつは思う。

おなつが思い悩んでいるのが透けて見えたせいで、小さなおすえをやきもきさせて、焦らせた。

土間脇に設けたへっついと板場に、今朝、井戸から組んだ水を溜《た》めている。傷口を洗おうとおすえの手を引いたところで、開けっぱなしの戸口から男がふらりと顔を覗《のぞ》かせた。

「いらっしゃいませ」

おなつとおすえの跳ねた声が同時に響いた。

「お、なんだ。ふたり揃《そろ》ってずいぶん元気がいいね。あけまして、おめでとうさんでございます」

客だと思って笑顔になったのに――返ってきたのはおなつの弟の清一《せいいち》の声だった。

「おめでとう」

弟の後からぬっと現れたのは、幼なじみの数馬《かずま》である。

おなつはふぅっと息を吐きだし、おすえが「なぁんだ。お客さんじゃあないのかぁ」と子どもらしい本音を零《こぼ》す。

「なんだって、なんだよ」

清一はがっくりと肩を落として口を尖《とが》らせ、『たけの家』の入り口をまたいだのであった。


元旦《がんたん》が過ぎて二日になると江戸《えど》の人間は朝から一斉に動きだす。

おすえの傷の手当てをした後、おなつは暖簾を店先に掲げ、名前の入った提灯《ちょうちん》も軒先に吊《つる》した。

せわしなく開店の支度をするおなつとおすえを尻目《しりめ》に、訪れた弟と幼なじみは暢《のん》気《き》なそぶりで店の小上がりに腰を落ち着けて座っている。

「姉ちゃん知ってた？　タコっていうのは昔はイカだったんだってさ」

清一の言葉に、おなつは盥のなかで烏賊を手さばきするのを止めた。盥の水が、ぴしゃりと跳ねる。

「清一、それってどういう意味よ」

聞き返したおなつの隣で、おすえが、おなつと同じように首を傾げている。口にせずとも「どういうことなんだろう」と抱いた疑問がおすえの顔に書いてある。

清一は幼いときから器量よしとして近所に評判だった。つるりとした肌理《きめ》の細かい白肌に、星を宿したようなきらきらひかる切れ長の目とすっきりと通った鼻筋。おかげでおなつは「なんでおなっちゃんは清一ちゃんに似てないんだろうね。男女が違えばよかったのに」と方々で残念がられたものだった。

そしてその横にいる数馬も数馬で、生真面目そうな美丈夫だ。

ふたりが並んでいる姿は、まるで芝居の一幕――一幅の錦絵のようだ。

「清一じゃないよ。あたしの名前は夕女之丞《ゆめのじょう》だ」

おなつの言葉をとらえ、清一あらため夕女之丞が、つんと顎《あご》を持ち上げて言い放つ。芝居がかった仕草であった。

まず最初にそこに嚙《か》みついてくるのかと、おなつは苦笑する。

彼は、二十一歳の売れない役者だ。『たけの家』の長男なのに、どうしても歌舞伎役者になりたいと店を継がずに六年前に家を出た。

それに関してはおなつはまったく反対しなかった。

かわいい弟が、どうしても役者になりたいというのなら応援したいと思っていた。だからおなつは、家に残って、跡取りがいなくなったと意気消沈した両親を励まして——そうしているうちに嫁ぐ機会を失った。

——それで、二年前に葺屋町《ふきやちよう》の高村座が出火した火事で店が燃えて。父が亡くなり、母は寝込んだ。

四つ下の妹のおきくは幼い時分に病を得て目が見えない。

たとえ清一が役者にならず『たけの家』を継いだとしても、たぶん、おなつは、なんのかんのと理由をつけて、家に居残ったことだろう。こんな状態の母とおきくを残して、外に出るなんてできそうもない。

——でも、役者になることは認めても、うちに顔を出したときくらい「弟」に戻ってくれてもいいのにって思うのよ。

舞台の板に立つときは夕女之丞。されど店に顔を出すときは清一でいてくれ。

「夕女之丞だって言い張るんだったら、私のことを姉ちゃんって呼ぶんじゃあないわよ」

おなつがつい憎まれ口を叩《たた》くと、途端、夕女之丞は泣き顔になる。

「どうしてそんなこと言うんだい」

気持ちのままにくるくると表情を変えるのは、役者だからというわけではなく天性の気性だ。彼は素直な、甘え上手なのである。

「どうしてもこうしてもないわよ。清一じゃなくて夕女之丞なら、私の弟じゃあなくて他人ですよ。家をおん出た奴だもの」

「名前ひとつで血のつながりをなくすっていうのかい。殺生な。……あ、姉ちゃん、もしかしてあたしからお金をとるつもりなのかい？　だから他人呼ばわりするんだ」

もともと銭を取る気は一切なかった。

けれど話の流れでおなつはうっかり言い返してしまう。

「当たり前じゃないの」

「じゃあ金を取れるようなすごい料理を出してくれよ。芝居茶屋のなかには、いまや、江戸の料理番付に名前が載るくらい料理自慢の店もあるんだ」

「……無理よ。そんなすごい料理は出せないわよ」

気圧《けお》されて小声になった。

たじろいだおなつに釣られたのか、隣のおすえもしゅんとうつむいた。

――こんなんじゃあ、だめだ。

おなつは、はっとして背筋をのばす。正月早々、こんなに弱気じゃあ、だめすぎる。

とはいえ『たけの家』は規模の小さい「小茶屋」なのだ。いまのところ『たけの家』が出す料理は、作り置きができる稲荷揚げの助六寿司や握り飯と、ぼてふりから買い上げた野菜や魚で作るささやかな総菜に、お茶やお酒だけだ。

高価な材料の贅沢《ぜいたく》なご馳走《ちそう》は、おなつの腕前では作れない。

「なんでだい。すごい料理を出してくれよ。あたしを赤の他人で、客だって言うのならさ。そうじゃなければ、普通の料理を出したうえで、あたしに〝姉ちゃん〟と呼ばせてくれよ。どっちかだ」

「どっちかって、あんた、なに言ってんのよ。しっちゃかめっちゃかだ」

「しっちゃかめっちゃかって、なんだい。あたしは理屈を述べてるんだよ。なのにそうやって、わけがわからないふりをするなんて、ひどいよ、姉ちゃん。ねぇ、数馬。姉ちゃんはひどいよね？」

嘘泣きをして数馬にしなだれかかる夕女之丞の仕草は可憐《かれん》な乙女のそれだった。言っている内容は支離滅裂だが、語る様子は風情がある。

「……いや。おなつは……ひどくない」

数馬が戸惑った声で否定する。

数馬はおなつよりふたつ年上の、御家人《ごけにん》の三男坊で、幼なじみだ。武士といっても切米で俸禄《ほうろく》を現物支給される下級武士で、仕事らしい仕事を得られるツテもなく、傘貼りをしたり、代書をしたり、他家の子どもに行儀作法を教えたりという内職で暮らしている身の上だ。

質素倹約につとめるべき武家は芝居見物なんてもっての外《ほか》と咎《とが》めたてられる。そのため、数馬は、猿若町の木戸をくぐる際に武家である素姓を隠し、身支度を町人のしつらえに着替えていた。

「いやって、なんだい。数馬は、あたしじゃなくて、姉ちゃんの味方をするのかい」

夕女之丞がよろよろ反対側に倒れるふりをして、袖《そで》で目元を覆った。

「……すまん」

頭《こうべ》を垂れた数馬に、夕女之丞が頰を膨らませる。目だけは隠しているけれど、口の下半分は覗《のぞ》いている。

数馬は夕女之丞の膨れた頰を見て、さらにもう一度「すまん」と謝罪を重ねた。

「いいけど、別に。数馬はいっつも姉ちゃん贔屓《びいき》だ。でも、おすえちゃんは、あたしの贔屓だよね」

目元を袖で押さえたまま、夕女之丞が言う。

ふいに自分の名前を呼ばれ、おすえは「はいっ」と返事をした。呼ばれるとすぐに返事をするのは、お茶子仕事の習いである。話の中味はどうであってもとりあえず元気のいい「はい」がまず先に出る。

うまい具合におすえの「はい」を引きだして、夕女之丞はやっと袖の向こうから目を覗かせた。

――笑っている。

してやったりと目がきらりと光り、微笑んでいる。

この目を袖で隠して、頰だけ膨らませているのだから、役者っていうのはもう本当に嫌になると、おなつは思う。

「おすえちゃんが味方してくれたから百人力だ。どうだい。姉ちゃん、これで互角だ。一対一で引き分けだろう？　姉ちゃんはあたしの姉ちゃんだ」

むかっ腹がたちつつも、いま彼が押し通したいのは「姉ちゃんと呼ばせてくれ」という一点だと思うと、怒る気もなくなった。

むしろ、ちょっとだけ嬉《うれ》しい。

どだい、おなつは、どうあっても夕女之丞の姉なのだ。

だから、ここまでだったら笑って流すつもりでいたのに――。

「おすえちゃんだけじゃなく姉ちゃんだってさ――本当はあたしのことがかわいくって仕方ないんだって知ってるよ。だってさ、前の店でもさ、ツケにしとくって言っても、そのツケを払えって言われたことがなかったんだ」

さらに言葉が続けられ、おなつは、くるりと目をまわして天を仰ぐ。

「そういうのはわかってても自分で言わないのが、いいんだよ。やっぱり〝姉ちゃん〟はナシだ。それで、今日のご飯はツケにする。それで絶対に払わせる」

おなつがきっぱりと断言すると、

「そんなぁ」

夕女之丞の間延びした声が、情けなくあたりに響いた。

それが絶妙に剽軽《ひょうきん》でいて、嘆きの間合いもちょうどいいものだから、おなつは思わず噴いてしまった。

おなつの笑顔を見て、夕女之丞が安堵《あんど》の表情になった。

幕府が奢侈《しゃし》禁止を言い渡し、七代目市川團十郎《いちかわだんじゅうろう》を江戸所払いにしたのは昨年だ。

続いて幕府は、それまで堺町《さかいちょう》や葺屋町にあった高村座や市村座《いちむら》をはじめとする江戸の三座に、浄瑠璃《じょうるり》の薩摩《さつま》座に結城《ゆうき》座に、大小の芝居茶屋――芝居関係者すべてを浅草聖天町《しょうでんちょう》に移るように命じた。

あたりにあるのは田畑だけという辺鄙《へんぴ》な場所に芝居者たちを押し込めることで、江戸の風紀を取り締まろうと試みたのだ。

浅草広小路《ひろこうじ》の広い道を大川《おおかわ》に向かって進み、吾妻橋《あづまばし》の手前を左に曲がると、芝居にもなった有名な俠客《きょうかく》『助六《すけろく》』が暮らしていたという花川戸《はなかわど》。さらに進むと芝居小屋と茶屋が並ぶ猿若町。そのまま、待乳山《まっちやま》のなだらかな稜線《りょうせん》を眺めて先に進むと吉原《よしわら》遊郭につながる山谷堀《さんやぼり》。

花川戸から先は、人で賑《にぎ》わう江戸の中心から、ぽいっと捨てられた外れ者たちが暮らす場だ。

幕府は役者を人ではないものと断じていたようで、ここに越してきたときに幕府の台帳で、役者たちは「匹」で数えられている。芝居で食べていく者どもは、人ではなく、獣の類《たぐい》ということらしい。

そうして、ならばこそと、それをおもしろがるのが芝居に携わる者たちの性分だった。匹で、けっこう。もとより人でありたいと思うことも、なし。

という猿若町に、年末に、後から越してきた小茶屋が『たけの家』であった。

裏店《うらだな》とはいえ間口三間の二階建て。一階と二階に座敷を設けた小茶屋の店賃は、おなつにとっては勇気のいるものだった。

もともと『たけの家』は火事で焼け出される前は葺屋町で父と母がやっていた店である。

おなつは葺屋町で両親の商いを側で見て、手伝っていた。父は料理自慢の元板前で、母は商い上手の愛嬌者《あいきょうもの》。ふたりが采配《さいはい》をふるう芝居茶屋を見て育ったから、おなつも、最低限の商売のやり方はわかっている。

けれど——それは、それ。

わかっているからといって、できるかというと、話は違うと思うのだ。

——特に『たけの家』は出遅れてしまったから。

父が亡くなり、母が寝込んだ『たけの家』の再起に資金を貸してくれるツテがすぐには見つからず、なんのかんのと時間だけが過ぎて——『たけの家』が猿若町に越してきたのは昨年末のぎりぎりだ。

越してすぐに店を開け、この先、茶屋商いが——そもそもが猿若町が——芝居という文化が栄えるのか、落ちていくのか、前途不明なまま年が明けての、今日である。

ひと足先に茶屋をはじめたまわりの店のすべてがおなつの競争相手だ。

高村座の裏手のいい場所に小茶屋を借りてみたものの、うちにお客さんは来てくれるのか。

不安でいっぱいのおなつの気持ちも知らぬ顔で、暢気《のんき》な夕女之丞の、心構えの緩さがうらやましいような、そうでもないような。

おなつの視界の端で、験担ぎにと、年の終わりに花売りから二束三文で買った「福を呼ぶ」福寿草の黄色い花が、平べったく、小さく、咲いている。

おなつは、安心顔になってしまった夕女之丞に、嘆息混じりで小言を告げる。

「あのね、ただ飯を食べるつもりでやって来る弟は、あんたが思い込んでいるほどにはかわいく見えないんだからね」

「……弟って認めてくれたね？」

夕女之丞がぽつりとつぶやく。そういうところは聞き逃さない「弟」である。

「そうだよ」

「だけど、今日は、あたしのこと、かわいくないのかい？」

「そうだよ」

即答すると、夕女之丞があからさまにしょげた顔になって、おなつを見返した。

過剰な表情に大きな仕草と、いちいち「わかりやすい」のが芝居じみている。

「ごめんね、姉ちゃん。ツケは、そのうち払うよ。本当だよ」

「……お金の問題じゃあなくってさ。だいたい、あんたはいつもおかしなことばかり言うもんだから」

すごい料理は作れないし、客の予約もひとつとしてない。

――不安な私の気持ちをざわざわさせる言葉を選んで、しなを作って芝居をしたりするもんだから。

つなげたい文句を胸の内だけで抑え込み、別な文句に差し替えた。

そんなのはもう言ったたって詮《せん》ないことだ。

「いまだって、いきなりタコがどうだとか意味がわからないこと言うからさ。こんがらがっちまって、つい文句を言いたくなるんだ」

夕女之丞は今度はまた涙目になった。どうしてここでそんなに悲しい顔になるのかが、おなつには理解できない。

しかも、笑ったり、泣いたり、忙しい。優しい風情でよろけている夕女之丞と、きりきりとしたおなつという取り合わせ。

傍《はた》から見れば、どう見たって、おなつが悪者だ。

おすえが、おなつの険しい顔と、涙をこらえる夕女之丞の顔をおろおろと交互に見比べている。

おなつと夕女之丞のこういったやり取りはいつものことだ。けれど、おすえは優しい娘なので、おなつたちが口争いをする度に、気を揉《も》んで、困り顔で眉尻《まゆじり》を下げるのであった。

「夕女さん……おなつさん……もう。そのへんで」

おすえが小声で割って入ったところで、それまで言葉数が少なかった数馬が「むぅ」と唸《うな》った。

数馬は、しょっちゅう言葉につまる。「数馬さんは黙っててもいい男だから、それでいいんだよ」というのが、彼を知る長屋のおかみさん連中の弁である。

銀杏《いちょう》に結った髷《まげ》が似合うきりりとした美丈夫なのに、口下手なのが女心をそそるというのだ。おかみさんたちは、つくづく顔のいい男には評価が甘いとおなつは思う。

ちなみに数馬の兄は定廻《じょうまわ》り同心《どうしん》だ。江戸っこ連中に目配りをする定廻り同心は、聞き上手で話好きで鯔背《いなせ》な男じゃないとつとまらない。数馬の見た目が粋《いき》なのはすべて兄の影響だ。けれど数馬は、生まれついての性格の根っこが真面目で口下手で、兄とは違い己の見た目をうまく使えない。

今日も今日とて数馬は唸った末に、懐に手をやって、巾着《きんちゃく》から銭を取り出した。

「これで足りるかい？」

夕女之丞の食事代は数馬が支払うということらしい。

口が遅い分は、行動で補う。数馬はそういう男なのである。

――なに言ってんだよ。私はあんたが烏賊《いか》が大っ嫌いっていうのを知ってるんだよ？

おなつは口の奥で言葉を嚙《か》みつぶす。言ってもいいけど、言わないほうが優しさになる。数馬に対しての「烏賊」はそういう言葉なのである。

数馬は、烏賊料理を、一切、食べない。

味が嫌いだからじゃない。

数馬の父は御家人で、将軍に謁見する資格を持たない「御目見得《おめみえ》、以下」だ。格式が下なのだ。だというのに剣術の腕前だけはあった。それで『吉田《よしだ》道場』の看板を掲げ、郊外で小さな道場を営んでいた。

郊外ゆえに、元気を持てあました村の子が、農作業の合間に武芸を習いにきて、畑の野菜や酒を金銭代わりにおさめていた。『吉田道場』は、それを良しとした。

おかげで『吉田道場』はゆったりとした手習いの、暢気な道場となっていた。

しかしそんなのんびりとした道場であっても、指南役の剣術が巧みだという噂を聞きつけて、武家の子息が門戸を叩《たた》いてやってくることがあった。たいがいは、なんらかのワケありで、他の道場を追い出されたり、ついていけなくて途中でやめてしまった結果『吉田道場』に流れついた連中だった。

そういった子息のほとんどが、村の子どもらに手加減なしでこてんぱんにのされてしまうことに耐えられず、ひと月ほどで来なくなる。

彼らは一様に、自分の弱さと努力不足を棚に上げ、去り際に数馬の父を「御目見得以下の烏賊野郎の癖に」と陰口を叩いた。

——だから、数馬は、烏賊を食べない。烏賊は数馬にとっては、美味《おい》しい食べ物じゃなくて、ののしり言葉なんだ。

おなつは、数馬が、あざ笑われた場にいたことがある。

あれはまだおなつが八歳で、数馬が十歳の幼いときだ。

当時、清一はまだ夕女之丞ではなく――芝居茶屋の跡取り息子とみなされていたので、いずれ店を継ぐのにあたり「どんな客が来てもあしらえる程度に、強くなっていたほうがよかろう」と、親が判断し『吉田道場』に送りだし――おなつは、あらゆる習い事から逃げだしてしまう清一のお目付役として、女だてらに道場通いをはじめていた。

その日、道場主の息子である数馬は、月謝としておさめてもらった大きな大根を抱えて歩いていた。ひとりでは抱えられないくらいの数の大根だったから、おなつも手伝って一本持って彼の隣を歩いていた。

そうして、間の悪いことに、ちょうど稽古《けいこ》で叩きのめされた連中と道ばたですれ違ってしまったのである。

仕立てのいい縞《しま》の着物に羽織姿のふたり連れは、畑が広がる田舎道で目立っていた。おなつたちに相手の覚えはなかったけれど先方は数馬の顔を知っていた。泥のついた大根を運ぶ数馬をにやにやと笑いながら、こづきあって耳打ちし、すれ違いざまに「烏賊野郎の息子にゃあ、泥つき大根がお似合いだ」と捨て台詞《ぜりふ》。

あ、と思って隣を見ると、数馬は奥歯をぐっと噛みしめて、怒りと恥ずかしさをない交ぜに頰を赤くしていた。

おなつはまだ「烏賊野郎」がどういう意味かも、御家人が武士のなかでは低い立場なことも知らなかった。それでも侮られたということだけは、理解ができた。自分の友だちが、目の前のおとなたちにののしられたことに腹が立ち、なにかを言い返したかったけれど、向こうはお侍。そして、おなつは茶屋の娘で、子どもだ。文句を言う度胸も、うまくやり過ごす機転も、そのときのおなつにはなかったのである。

足を早めることだけがおなつにできる精一杯の抵抗だった。

耳についたなんだか嫌な言葉と、それを発したおとなたちから早く遠ざかりたい。聞かなかったことにしてしまいたい。聞かなかったふりをして、ずんずんとまっすぐ前を向いて早足で進むと、数馬はおなつの後ろをついて歩いて――道場に辿《たど》りついたそのときに、おなつを見て「ありがとう。ごめん」と言った。

なにがありがたかったのか、どこがごめんだったのか――わかるようでいて、わからない。

悔しさも悲しさも腹立たしさも全部まとめて同じように受け止めて、おなつは「こっちこそ、ありがとう。ごめん」と小声で返した。

後になって、おなつは父に「烏賊野郎ってどういう意味なの」と問いかけた。父は曇った顔でおなつを見返し、どうしてその言葉を知ったのかと聞き返してきた。
おなつが数馬と、武家の子息の話をすると、父は、少しのあいだ考え込んでから
「まあ、いいか。おなつは、数馬さんと仲が良いし、道場にもまだ通うわけだから
教えておこう」と言葉の意味をおなつにもわかるように紐解《ひもと》いて教えてくれた。
御目見得以下の烏賊野郎。
烏賊野郎が罵倒《ばとう》の言葉だと腑《ふ》に落ちた瞬間、おなつの胸の奥がじくじくと疼《うず》いた。
生まれた家と仕事で区分けをされた士農工商の差異は、うっすりと把握していた。
お侍さんは、えらい。小茶屋を営む自分たちは、お侍さんたちより立場は下だ。
とはいえ、子ども同士の間柄では、そんな身分の差もぼんやりと曖昧《あいまい》で、共に遊
ぶことができたら相手は友だちだった。また明日《あした》ねと、言い合って笑うおなつたち
に、人としての差異などなかったのである。
それが——生まれた家で互いの立場が違うのだと「きちんと」知った。
武家のあいだでも格差があることも知ってしまった。
なにより人が、悔しさと悲しみを呑《の》み込むときの痛みを、あのときはじめて知っ
たのだった。
かつての記憶を思い返しながら、おなつは、数馬の手のひらに載った銭をざっと

目で勘定し、

「いいけど……烏賊だよ。数馬は烏賊が嫌いじゃあないか」

と口ごもる。

子どものときもそうだったが、いまだに、おなつは、数馬の悔しさを宥《なだ》めて、なだらかにできる言葉を思いつけない。どういう態度で過ごせばいいのかがわからない。

数馬のことを不器用だと思うけれど、おなつもまた、数馬同様不器用なのだ。年を重ね、いまとなっては客商売をつとめる小茶屋の女将《おかみ》になったのに、こんな態度しかとれない自分が情けない。

「ああ、だから俺は食わないよ」

数馬がさらりと言い返し、おなつは小さくうなずいた。

「わかった。数馬の分は、鯵《あじ》の干物があるからそれを焼くよ。炊きたてのご飯に、香の物。揚げと菜っ葉の味噌汁《みそしる》もつけたげる」

数馬の手のひらの銭を見て、片手を振って、続ける。

「でもね、数馬の分だけいただくわ。夕女之丞のはツケとくよ」

きっぱり言うと、

「そうか」

　数馬が笑った。

　普段は凜々《りり》しいが、笑うと目尻《めじり》がふわっと垂れて、緩む。顔をくしゃくしゃにさせて、しわをたくさん作る笑顔が場を和ませる。数馬は、言葉数が少なくても、そこにいるだけで周囲を穏やかにすることのできる男なのであった。

「殺生な……」

　夕女之丞がぽつりとつぶやき、

「なにがよ」

　と、おなつは少しだけ喧嘩腰《けんかごし》になって言い返した。

「相変わらず、おなつと夕女之丞は仲が良いし、息があってるね」

　数馬が唐突にそう言って、それにもおなつは「なにがよ……」と、これは呆《あき》れ口調で言い返す。

「まあそれはそうさ。なんのかんのいいつつも姉弟《きょうだい》だもの。ツケの取りたても加減してくれてて、なによりなんだ。炊きたてのご飯はご馳走《ちそう》だ。たんと炊いとくれよ」

　夕女之丞が話を引き取って結論づけて、数馬とおすえがくすりと笑う。

　おなつは嘆息し「本当にあんたは調子がいいんだから」と文句を言う。

「調子は悪いより、いいに限る。あたしはこの軽さが評判で、うつけた端役をもらう役者なんだから」

そうなのだ。夕女之丞は容姿がいいのに、綺麗《きれい》どころの女形《おやま》でもなく、色悪の美男でもなく、うつけた役の評価が高い。

端役どまりでもなんとか食べていけているのは、ひとえに夕女之丞が太い贔屓《ひいき》客を持っているからである。けれど彼を贔屓してくれる相手は、ころころと変わる。粋《いき》な深川《ふかがわ》芸者の姐《ねえ》さんに、三味線の師匠。生きていくことにこなれた、年上の姐さんたちが、夕女之丞の見た目と愛嬌に惚《ほ》れて、かわいがり、食わせてくれるが――すぐに夕女之丞の中味に飽きて、乗り換える。

そのときそのときのかわいげだけで世の中を渡っていく弟を、おなつはときどき歯がゆく思う。

もう少しだけでいいから、しゃんとしてくれ。

「本当にあんたは」

口を開いたおなつの小言の気配を感じとったのか、

「あの……さっきの話は」

おすえが、ひょいと首をのばして声をあげた。おすえのほうが、夕女之丞より空気が読める。

「え、なんだい？」

夕女之丞が聞き返し、おすえは「タコが昔はイカだったって」って瞬きをして尋ねる。話題を変えて、おなつの怒気を和らげようというのもありつつも、タコがイカっていうのはどういうことかが気になってもいたのだろう。

「ああ、あれな。そうそう、タコってのは、昔はイカだったんだ。最初は烏賊《いか》に似た形でいかのぼりって呼ばれてたのさ。ひょろっと長くて、下についてるびらびらをゲソに見立ててみりゃあ、タコよりイカだろ？」

夕女之丞はまたもや話を、タコとイカに戻してしまった。

おすえが烏賊の話を出すのは仕方ない。

――だけど、あんたが話すのはどうなのよ。私が知ってるんだから、夕女之丞だって、数馬が烏賊嫌いなのは知ってるはずじゃないの。そういうのを全部知ってて、どうして夕女之丞は烏賊の話なんてするのかしら。

おなつは深く嘆息し、自分の手元の烏賊を見下ろす。

――それを言うなら、私もだわ。早朝のぼてふりから烏賊を買ったからって、数馬がいるときに手さばきなんてするもんだから。

すべては後の祭りで、夕女之丞がいつまでたっても端役止まりなのは、この、気配りのできなさゆえで――おなつの『たけの家』に客が来ないのは、おなつが不慣れで段取りが悪いせいだとしみじみ思う。

けれどそんなことを思うおなつの心はさておいて、夕女之丞の話を聞いた数馬が、

「たしかにあれは蛸《たこ》じゃなく烏賊に似ているかもな」

と袖手《しゅうしゅ》になって感心した。

数馬に相づちを打たれてしまうと、気にかけているおなつのほうが馬鹿みたいだ。変な気遣いをするよりは、当たり前に烏賊の話をしているほうが、数馬にとっては気楽なのかもしれない。

数馬の同意を受けて、夕女之丞が身を乗りだし熱弁をふるいはじめた。

「それで、そのいかのぼりがあんまり楽しくて、子どもだけじゃなくおとなまで夢中になったんだ。子どもの喧嘩《けんか》はかわいいが、おとなの喧嘩は物騒だ。おとなどうしがいかのぼりの勝ち負けや、空で糸がもつれたの、そっちがひっかかったのと喧嘩をしたり、事故を起こしたりでしょっちゅう騒動になったんだってさ。それで、幕府がいかのぼりを禁じるってお触れを出したっ」

勢いをつけて、太ももをパパンッと手のひらで弾く。

おなつは話を聞きながら、再び烏賊をさばきだす。聞き入って手を止めると、せっかくの活きの良い烏賊の鮮度がどんどん落ちていってしまう。

烏賊の下足《げそ》を外して、内臓の中味を引きずりだし、透明な軟骨をするりと抜いた。

ぼてふりが「全部買ってくれたら安くするから」と拝み倒していったから、多いと思いながらも買った十杯。夕女之丞も食べるなら、ちょうどいいかもしれない。もしかしたら足りないくらいだ。夕女之丞は痩《や》せの大食いだ。

烏賊五杯は、皮を剝《は》いだ。

刺身にしようと決めて、俎板《まないた》の上に頭を上になるように縦に置き、包丁を入れる。

烏賊の刺身は、横で切るより、縦で切るほうが美味《おい》しくできる。亡くなった父親の喜三郎が、教えてくれた秘訣《ひけつ》であった。ひとくち嚙《か》みしめたときに滲み出る旨味が、切り方ひとつで変わるのだ。

「ところで江戸っこってのは昔っから、黙って従うってことが嫌いなんだなあ。はいはい、お上がおっしゃるんならその通りでございって頭を下げてさ、うつむいたところでちょろっと舌を出して言い逃れを思いつく。〝だったらこれはイカじゃあないしいかのぼりでもない、タコだ、タコアゲだ〟ってみんなが言いだした。それから、正月に空にのぼる、アレは、凧《たこ》ってぇ名前になったわけだ。凧の字は、あとから作った漢字なんだぜ。空をぐるっと飛びまわる。凧そのまんまの文字だろう?」

おすえは感心した顔で聞いていた。

「そうなんですね。タコはイカだったたってそういう意味だったたんだ」

夕女之丞は「そうともさ」と何故か得意げに鼻高々になった。

正月の空に浮かぶ凧を見て、その後で『たけの家』のなかに入っておなつがさばく烏賊を見て――流れでそんな豆知識を披露したくなったのか。

話を聞いているうちに、烏賊のお造りができあがり、皿に盛る。

――今日は烏賊を大根と煮るのはやめにしよう。

だって、大根役者という言葉がある。役者の夕女之丞に大根を出すのも感じが悪い。

――夕女之丞はそんなこと、思いもしないんだろうけどさ。

お造りにしたもの以外は、包丁を入れて開いた。塩水を手早く作り、さっと酒を振りかけて開いた烏賊をそこに漬ける。

――これは少し漬けてから、陰干しにして焼けばいいわ。

はずした下足はざっくりと食べやすい大きさに切って、醤油《しょうゆ》と酒に漬けて、軽く茹《ゆ》でてから胡麻油《ごまあぶら》でからっと揚げればいい。刻み葱《ねぎ》と味噌《みそ》と味醂《みりん》を混ぜた葱味噌《ねぎみそ》を添えたら、ご馳走《ちそう》になる。

考えるはしから手を動かし、調理していく。

烏賊の下ごしらえを終えると、今度は、へっついに置いてあった泥つきの大根の菜っ葉をざくりと切って手元に残し、残りは邪魔にならない棚の下に片づける。今日は大根は菜っ葉だけを使い、味噌汁《みそしる》に入れよう。

「夕女之丞はどこでそんな知識をもらってくるの？」

ふとつぶやいてみると、

「舞台番の新吉《しんきち》さんに聞いたんだ」

と返事をされた。

「役にも立たないことを……」

再びため息を押しだすと、夕女之丞がむっとする。

「役に立つもんだけがすべてってわけじゃあないだろう。姉ちゃんは真面目すぎるし硬いんだよなあ。そんなんじゃあ、生きづらかろうよ。もうちっと肩の力を抜いたらどうだい？」

したり顔で言ってのけた言葉がおなつの胸をざらりと撫《な》でた。中途半端に、心の表を傷つける。

おなつはたしかに真面目すぎるし硬いのだ。長所であると同時に短所でもある。指摘されずとも、知っている。

言い返さずに無言で手を動かしていたら、夕女之丞は、さらに調子にのって言い募る。

「芝居茶屋の女将《おかみ》やるなら、もうちょっと柔らかくなってくんなきゃあ。お客さんはみんな楽しみに来てくださってんだからさあ。猿若町は遊びの町だよ」

さらっと放った夕女之丞の言葉が、これから『たけの家』を背負って立って、母と妹とお茶子のおすえを食わせていかなくてはと力むおなつの腹に食い込んだ。

すぐに図に乗るんだからと、やっぱり烏賊を大根と煮付けて出してやろうかと頭のなかで献立を組み直す。なにが出てきても夕女之丞はきっと気にしないで「うめぇ、うめぇ」と騒ぎながら食べるに違いない。

だから思わずおなつは少し棘《とげ》をまぶした軽口を叩《たた》いてしまった。

「あんたは役者じゃなく幇間《ほうかん》になったらよかったのかもね。いろんなことを見聞きして、なんでもかんでも覚えちまって、よく回る舌で囀《さえず》るんだ」

夕女之丞は一瞬だけ沈黙してから、

「その通りだよ」

と、低い声で告げてそっぽを向いた。

どうやら役者じゃなくて幇間になったら、は、夕女之丞にとっては胸に痛い言葉であったようである。もしかしたら、おなつだけではなく、方々で似たようなことを言われているのかもしれない。

血の濃さと長いつきあいで気が緩み、越えてはならぬ境界のぎりぎりのところまで踏み込みがちなのが肉親同士のやり合いだ。

ごめんと謝罪しかけたが、喉《のど》のところで声を留める。ここでの「ごめん」は追い打ちになりかねない。

「でも、あんたは顔がよすぎるから、やっぱり役者がいいわ」

どうにかとってつけた言葉に、夕女之丞が頬をゆるめ、

「その通りだよ」

と今度は軽い声が返ってきた。

傷つけた分、冗談口で紛らわして、なかったことにできるのも家族だからだ。何度も喧嘩《けんか》をしてきた仲だからこそ、喧嘩がはじまる前におさめるのがなにより大事と知っている。

「うちの弟は謙遜《けんそん》って言葉を知らないのよね……」

わざと呆《あき》れたように言うと、

「だって本当にあたしは顔だけは飛び抜けていいじゃないか。この美貌《びぼう》を否定したら逆に嫌みだろう？」

夕女之丞は小首を傾げた澄ました顔で、

「だろう？　おすえちゃん」

留《とど》めにおすえに問いかけた。

「はい」

おすえが響く声でうなずいて、夕女之丞が花が咲くみたいな艶《つや》やかな笑顔になった。

「おすえちゃんは、姉ちゃんじゃなく、あたしの味方だ。ありがたいねぇ」

「え……あの」

おすえが狼狽《うろた》えた顔でおなつと夕女之丞を見比べる。

「こら、いちいち、おすえちゃんを巻き込むんじゃあないよ。困ってるでしょう。

――ごめんね、おすえちゃん」

こういうときはこの場から離れさせるために仕事を頼むに限る。

もじもじとするおすえに、おなつは笑って傍らの土鍋《どなべ》を顎《あご》でひょいっと差し示した。

「おすえちゃん、悪いけど、ご飯を炊いとくれ。そこの土鍋に米は仕込んであるんだ」

昨夜のうちに米を丁寧に研いで、たっぷりの水に浸している。おすえと自分と、長屋で待っている母と妹のおきくで食べるつもりだった三合だ。

「はいっ」

夕女之丞と数馬にも食べさせるとなると、自分はご飯を控えるしかない。思案しながらおなつは、

「お餅《もち》もついでに焼いちゃおうか。おすえちゃんは、お餅にする？　それともご飯がいい？」

と、おすえに聞いた。

おすえが考えているあいだに、夕女之丞が「両方だろう」と割って入る。

「あんたには聞いてないんだ」

「知ってるよ。あたしはご飯だけでいいよ。ただ、おすえちゃんは遠慮するんじゃあないかと思ってかわりに言ったんだ。両方食べたいよなあ、おすえちゃん？」

「だから、おすえちゃんを巻き込むんじゃあないってば」

たしなめながらも「おすえちゃんにもお餅を焼くことにしましょう。お正月だしね」と結論づける。

「そうだよ。正月じゃあないか」

「夕女之丞はもう黙ってなさいな……」

軽くあしらいながらも、おなつは烏賊《いか》の下足を塩もみして吸盤を丁寧に洗い落とす。

おすえが、おなつに頼まれて、脇に置いてあった土鍋を「よいしょ」と両手で抱え、竈《かまど》に載せて、火を点けた。

『たけの家』の竈は胴壺《つぼ》付きで、ふたつある。

おなつは、おすえの隣に立って、さっき切った菜っ葉とお揚げで味噌汁を作ることにした。

「私はお味噌汁を作っとくよ」

切ったお揚げと菜っ葉を入れた出汁《だし》が沸き立つ寸前を見定めて味噌《みそ》を溶く。出汁さえ作っておけば味噌汁《みそしる》はすぐに出来るのだけれど、できるものならご飯の焚《た》きあがりとあわせるべきだった。なにから先に手をつけると、ちょうどよく食事の皿が並ぶのか——熱いものを熱いままで食べてもらえるか——そういう計算が、おなつにはまだできない。

「それが終わったら、下足《げそ》は、かぴたん和えにする。烏賊のお造りはいまのうちに食べて欲しいところだけれど……ご飯が炊けてないのにお造りだけ先に出しても、しまらないよね」

烏賊のお造りを三人前に取り分けた皿を目の前に「順番を間違えてしまったね」と、つぶやいた。

おなつの小声の独白を夕女之丞が拾い上げ、

「あたしはご飯なしでも食べられるよ」

と柔らかく告げた。

夕女之丞は立ち上がり、おなつの手元からお造りの皿をひとつ運んでいく。箸《はし》と醬油《しょうゆ》も用意して、先に食べる気満々だ。

ちらりと数馬を見ると数馬が「ああ、俺のことは気にせず食べるといい。せっかく活きの良い刺身が乾いていくのはもったいないよ」とうなずいた。

「数馬の鯵《あじ》の開きもいますぐ焼くね。土鍋のご飯は四半刻《しはんとき》で炊けるから」

「はい。いま、鍋《なべ》ががんばっているところです」

おすえが愛らしい合いの手を入れてくる。数馬がふわりと微笑んで「そうか」と鷹揚《おうよう》にうなずいた。

「はいっ」

軽やかなおすえの返事におなつの頰も柔らかく緩んだ。

おなつは味噌汁を作り終えると、次に七輪の用意をする。

鯵の開きを取りだして、七輪に火を入れて網の上でじわりと炙《あぶ》る。脂が網の目をくぐって下に落ち、ちりちりと美味《おい》しい音をさせる。魚の焼けるいい匂いと、米の炊ける甘い匂いが混じりあう。

それまで足もとが寒かった店のなかに、湯気が漂い、ぬくまっていく。

おなつとおすえは、息のあった働きぶりで、てきぱきと朝餉《あさげ》の支度を整えた。

先にお造りを食べはじめた夕女之丞が、

「うめぇ。うめぇよ、姉ちゃん。この烏賊、ぷりっぷりっとした歯ごたえがあるのに、ちゃんとかみ切れる柔らかさがある。それで嚙《か》めば嚙むほど、口んなかで、甘みと旨味が弾けるって具合だ」

と賑《にぎ》やかだ。

夕女之丞はつるつると、そうめんを食べる勢いで烏賊のお造りを啜《すす》っている。

おなつはちらちらと数馬を気にするが、数馬は平気な顔である。

「ところでさあ」

と夕女之丞が、烏賊を噛み切るあいまに、ついでみたいに小声で言った。

「次の芝居に出ることになったんだ」

次の芝居は十三日。もう配役はすでに決まり、昨年末にお披露目公演を打って看板だって新しいものが掲げられている。

──端役だよね。いつものことだ。

端役すらもらえない役者もいるのだから、喜ぶべきなのかもしれないけれど。

「朝比奈《あさひな》三郎《さぶろう》だ」

ぽいっと放りだす勢いで夕女之丞が続け、聞き耳を立てていた、おなつのうなじがぴんっとのびた。

正月の歌舞伎といえば曽我《そが》兄弟の仇討《あだう》ち物だ。

朝比奈三郎は、曽我の五郎《ごろう》と十郎《じゅうろう》の兄弟を連れて、彼らの父の敵役である工藤祐経《くどうすけつね》に引き合わせてしまう重要な役所。いままでは名のないお女中や、通りすがりの斬られ役の荒くれ者や、有象無象の家来筋でしかなかった夕女之丞にとっては大役だ。

「すごいじゃあない。本当に？」

思わず声を出したおなつに、夕女之丞が「年末に自宅で倒れて寝込んじまった児《こ》太《た》郎《ろう》兄さんの代役なんだ。急に決まった。児太郎兄さんにはよくしてもらってきたから複雑で……普通に喜んでられなくてさ」としょげて応じる。

ああ、そうか。

だらだらとタコとイカの話をしていたのはそういうことか。

夕女之丞には、他人の不幸を踏みつけてのし上がっていく気概がない。「俺が、俺が」と身体を割り入れ、押しのけて、舞台に立ちたがる役者たちのなかで、夕女之丞のこの優しさは枷《かせ》である。

これもまた彼がいまだ端役の理由のひとつ。

細かい気遣いができないのに、夕女之丞の芯《しん》の部分に根付いているのは思いやりと情の濃さだ。彼は子どもの純朴さを抱えたまま、おとなになった。「匹」で数える役者のなかで、いまだに「人」の心の欠片《かけら》を携えたこの弟はさぞや生きづらいことだろう。

「……そう。世話になった兄さんの具合が心配なのね」

「うん」

急にしおらしく、幼い顔つきになる夕女之丞におなつは優しい声をかける。

——この夕女之丞は、役者じゃなくて、弟だ。

「だったらその心配のぶんも、がんばって演じなさいよ。世話になった兄さんが元気に戻ってきたときに〝よくやったな〟って言ってもらえるようにさ」

上滑りのする、ありがちの激励だ。けれど、だからこそ、おなつの言葉を夕女之丞は素直に聞いていた。

「そっか。そうだな」

夕女之丞は振り切るようにひとつだけうなずいて、顔を上げる。

「朝比奈三郎は、道化者だけど重要な役よ。なんせ十郎、五郎と、富士山《ふじさん》の見得を切る」

おなつが言うと、おすえが「夕女之丞さんの朝比奈三郎、楽しみです」と相づちを打った。

「そうよ。夕女之丞には、はまり役だわ。あんた昔から愛嬌《あいきょう》だけで生きてきたんだもの。きっとあんたの朝比奈三郎は評判になる」

太鼓判を押すと「おなつ、夕女之丞は、愛嬌だけで生きてきたわけじゃあないよ」と数馬が真顔でたしなめた。

「あ……」

おなつは慌てて口をつぐむ。誉めたつもりで、けなしていた。

その一方で、夕女之丞も目を瞬かせた。

「大丈夫。細かいことを気にするなよ、数馬。姉ちゃんは誉めてくれたんだ。なあ、そういうことだろ？　あたしはさ、たしかに愛嬌だけで生きのびてきた。本当のことを言われて怒るのは、おかしな話だ」

許してやってもかまわないとでもいうような鷹揚さを見せて夕女之丞が淡く笑い、おなつが「ごめん。ごめん」と謝罪して、その場は丸くおさまった。


その後——夕女之丞はたいていちょっと持ち上げるとすぐに機嫌が直るのに、今回ばかりは「気持ちの上がり」が遅い。

ずっと嬉《うれ》しいような悲しいような、どっちつかずの顔で笑いながら新しい役の話をしたいようでいて——したがらない。

数馬はそんな夕女之丞を気遣ってか、いつもより饒舌《じょうぜつ》だ。

そして悲しいことに——暖簾《のれん》をあげたのに客はひとりとして入ってこない。

こんなにひどい閑古鳥を正月早々くらってしまうと、気持ちが落ちる。

おなつは無言で、酒をあたためるちろりの容器にぬる燗《かん》をつけ、杯も用意する。複雑な気持ちのまま、さくさくと用意をし、香の物とちろりの燗酒を夕女之丞と数馬のもとに運ぶと、

「お」

と夕女之丞が目を丸くした。

夕女之丞にいい役がついたのだが「おめでとう」という祝いの言葉は、なしだった。

夕女之丞がそこのところは気乗りがしておらず、誰かの不運に乗じてついた役を気に病んでいるようだから。

「これはこれはかたじけない。朝からなんて贅沢《ぜいたく》なことだ。夕女之丞のおこぼれを、ありがたく、いただこう」

数馬が膝《ひざ》の上に拳《こぶし》をのせてしゃちほこばって感謝を述べる。

「夕女之丞のおこぼれじゃあないわよ。これは、数馬にふるまうお正月のお酒よ。数馬ひとりで飲んでいいのよ」

おなつが笑って言うと、夕女之丞が「そんなぁ」と情けなく両方の眉尻《まゆじり》を下げながら、さっと杯を手に取って、数馬より先に酒を注いだ。

やれやれと首を左右に振って、おなつは竈《かまど》の前に戻る。

再び手を動かしだしたおなつを片目に、数馬も手酌で酒を呑《の》み、蕪の漬け物をしゃくしゃくと食べだした。

「曽我兄弟ものの朝比奈役とは、大役だなあ。すごいことだよ」

数馬が言う。

「江戸の歌舞伎にはなくてはならない演目だ。正月の曽我ものに出たなら、当然、五月の曽我にも出るってことだろう。楽しみだ」

曽我の五郎は弟で——十郎は兄。五郎は大胆な演技が得意な荒事役者がつとめ、十郎は柔らかい二枚目の和事役者がつとめることになっている。このふたりの兄弟が、親の敵の工藤祐経に敵討ちをするのが、曽我ものの主軸の物語だ。

歌舞伎の芝居は長丁場。朝、日がのぼってすぐに芝居がはじまり、夜に日が暮れればそこでおしまいで——正月に演じる曽我兄弟は芝居の一番目で、ここで曽我兄弟は、親の敵の工藤祐経と対面を果たすのだ。

互いに相手の顔を知らない同士を、引き合わせるのが朝比奈三郎——朝比奈の役は道化者と決まっている。

物語のなかで彼らは新春に一堂に会し、出会いはするがその場では仇討《あだう》ちはしないのだ。

富士の裾野《すその》で仇討ちをするのは五月下旬と決まっているから、敵役の工藤祐経に「いざいざ五月下旬の富士の裾野で兄弟に討たれてやろう」と言われて、朝比奈三郎、兄の十郎、弟の五郎の三人で「末広がりの富士山の形」を象《かたど》って見得を切り、すべては五月の歌舞伎に持ち越しだ。

「楽しみにしてもらえるなら、ありがたいけど」

夕女之丞は誇っていいはずなのに、どこまでいっても、歯切れが悪い。

「楽しみだよ。封切りのいの一番に夕女之丞を見にこなくてはならないな。十三日に『たけの家』に予約を入れよう。俺の稼ぎじゃあ桟敷《さじき》は無理だが、土間席ならばなんとかなる。おなつ、いいかい？」

数馬にしては弾んだ声でおなつに言う。

歌舞伎の席の手配をするのは、芝居小屋なのだ。

いちばん高い桟敷席には赤い毛氈《もうせん》が敷かれている。桟敷席に座る客は大店《おおだな》の商家や、素姓を隠してこっそりと見物にくる大名や武士の家族たちだ。席の手配を段取った芝居茶屋に部屋をとり、幕間になると茶屋に戻って料理や酒を楽しむ。腕自慢の板前が季節や演目にあわせて美味《おい》しい料理をふるまうのが大茶屋である。

一方、おなつの『たけの家』の客筋は、土間席の筵《むしろ》の上で観劇を楽しむ町民たちだ。

とはいえ、芝居見物に、桟敷も土間も関係ないとおなつは思っている。楽しもうという心持ちだけが、すべてだ。

葺屋町で父が『たけの家』をやっていたとき、おなつは、お茶子の手伝いをやっていた。父は料理上手で「小茶屋にしては」旨い料理を食べさせるというのが、葺屋町時代の『たけの家』の評判だった。

「もちろんよ。嬉しいわ」

「食事も頼むよ。『たけの家』の稲荷寿司は美味しいから」

ひなたぼっこをするときの猫みたいに目を細め、数馬が言う。本当に楽しみにしている言い方だったから、おなつは勢いづいた。

「まかしといて。お弁当にして持ってくのもいいけど、戻ってきてもらって店でお酒と一緒に楽しめるようなものを作ることもできるわよ。もちろんお稲荷さんは作るとして——他にいくつかおかずも用意するわね」

「ありがとう」

ゆったりとした声に、ふくふくと心が躍る。ちらりと見ると、ご飯を炊いているおすえも、頰を赤くして満面の笑みになっている。

「……そうだな。なんなら前の夜から泊まらせてもらおうか。ひと目を盗んで出入りしないとならないから、夜の闇に紛れたほうが都合がいい」

数馬が考え込むようにしてつぶやいて、

「闇に紛れて変装してこないとならないなんて、悪いことをしてるみたいだねえ。なにからなにまで贅沢だって、締めつけて――倹約しろ、質素でいろ、でも年貢はたんと納めろってお上に命じられて、あたしらは青息吐息だ。今日の猿若町の人出もさ、いつもの年より少ないような気がするよ。こんなんじゃあ……」

と夕女之丞が小さくぼやく。

こんなんじゃあ、の後に続く言葉を、夕女之丞にしては珍しく胸の内に留《とど》めて、声を細め、肩をすぼめた。

「ごめんよ。武家の数馬の前で、相づちの打ちづらいことを言っちまったな」

それには数馬も苦笑いだ。

「武家といったって少ない禄《ろく》の、三男坊だ。お上のやり方のすべてに同意できるわけじゃあないよ。夕女之丞の言いたいことは、わかる。相づちくらいは俺にも打てる」

「うん」

「俺は、おまえの芝居が好きだよ。幼なじみだからって誉めてるわけじゃあない。本当に好きなんだ。なんたって夕女之丞の芝居は、笑えるからさ。すっきりと、気持ちよくなるような――そんな朝比奈三郎を見せてくれよ。楽しみにしている」

数馬の言葉に、夕女之丞が目を潤ませた。数馬は嘘をつくことがない。彼の本気の「好き」がきっと心に沁《し》みたのだろう。

夕女之丞が小声で「うん」と、うなずいた。


そうしているうちに、ご飯が炊きあがった。

数馬と夕女之丞がぽつりぽつりと語りあうのを聞きながら、おなつとおすえは、手を止めることなく働いていた。

次々と作る料理の香りが店に漂う。鍋《なべ》にまわした胡麻油《ごまあぶら》で、下味のついた烏賊《いか》の下足《げそ》を揚げたかぴたん和えを作っている途中で、傍らのおすえのお腹がくぅと小さく鳴る音がした。

ぱっと恥ずかしげに首をすくめたおすえの背中を、片手で撫《な》でる。

「お腹がすくのは元気な証拠よ。いいことね。もうちょっと待っててね」

そうして出来上がったのは──炊きたてのご飯に鯵《あじ》の開き。味噌汁《みそしる》。かぴたん和え。烏賊のお造り。香の物。

七輪を小上がりに運び、そのうえに正月の餅《もち》を何個か載せていく。

出来上がった膳《ぜん》をおすえに運んでもらい、おなつとおすえは自分たちも小上がりに座布団を敷いて座った。

並んだ膳を前に、四人で手をあわせると、

「こいつは、旨そうだ」

数馬がぽつりとつぶやいた。

「数馬、姉ちゃんの料理は、旨そうじゃなく、旨いんだ」

夕女之丞がつっかかるように言い返したので「ツケ払いが溜《た》まってるからってお世辞を言わなくてもいいんだよ」と、おなつが茶々を入れる。

「世辞なんて言ったことないよ。あたしも数馬と同じで本気のことしか言えないんだから。──いただきます」

「役者は、嘘を本気の顔で言うのが商売だろうに、そういう返しはつまらないよ。──はい。召し上がれ。お酒もお飲みよ。あんた、酒は強いだろう。そんな顔でさ」

慣れたやり取りの速さに、おすえが目をきょろきょろとさせている。

「顔は酒の強さに関係ないよ。でも、いただくよ。あたしはお酒、好きなんだ。姉ちゃんもその顔で案外飲めるよね。顔はすぐに赤くなるけど、赤くなってからもずっと飲む。あたしも姉ちゃんみたいに、酔いが顔に出るほうがよかったんだけどなあ。そっちのほうが、かわいいだろう？」

「あんた、かわいいにこだわりすぎだよ……」

「だって、かわいいにこしたことないだろう。こっちは、かわいげだけで生きてる貧乏役者だ」

「そろそろもっと他の取り柄を見つけて欲しいよ。姉としては」

情けなくほろりとつぶやくと、やり合うふたりに遅れて数馬が「餅を忘れずに」と姿勢を正し、箸《はし》を手に、火鉢の餅と向きあった。

「あら、ごめん。餅の加減は私が見るよ。この後、お餅も食べたいからね。おすえちゃんは、二個でいいかい。三個かい？」

おなつが言う。

「二個でお願いします」

「うん。正月の餅を、火鉢で焼いて、お味噌汁のなかに沈めて食べるのも美味しいからね」

おなつとおすえのやりとりに目を細め、数馬が、鯵の干物をほぐし、白米を頰張り、味噌汁に口をつけ、香の物をぼりぼりと音をさせて嚙《か》みしめている。

大きく口を開け、次々に平らげていく数馬の食べっぷりは見ていて小気味がいい。

おなつは数馬が白米を食べる顔を「おかず」に、味噌汁をひとくち、飲む。昆布と鰹節《かつおぶし》でとった出汁《だし》の香りがふわっと口のなかに広がった。汁を吸った油揚げが旨味を深め、菜っ葉のしゃくしゃくとした感触が気持ちいい。

「うん。味噌《みそ》の加減もちょうどいい。おすえちゃん、美味しく作ってくれたね。ありがとうね」

さらにご飯に箸をつける。炊きたてのご飯はそれだけでご馳走《ちそう》だ。嚙めば嚙むだけ米の甘さが口中に広がって、自然と笑みが零《こぼ》れだす。

「ご飯も最高に美味《おい》しく炊けてる。私より上手く炊けてるんじゃあない？」

おなつの言葉を聞いて、おすえが照れたように小さく笑う。

「まだまだです。火が強かったみたいでお焦げがたくさんできちゃった」

すかさず数馬がおなつとおすえに真顔で言う。

「……俺はお焦げになったところが大好きなんだ」

「知ってるよ」

おなつの返事に、おすえがくすくすと小鳥みたいな声をあげた。

「炊きたての飯があるのに、酒もついてる。お大尽になった気分だよ」

幸せそうに笑って夕女之丞がちろりを手に取り、酒のおかわりを飲んだ。


四人で膳を囲む店の外——窓の向こうから、三味線の音が風に乗って流れてくる。

『海上、はるかあに見渡せば、七福神の宝船』

ちんとんしゃんの弦の音と、少しだけ語尾が枯れるのが色気を滲《にじ》ませる女の歌声は、三味線片手に往来で縁起の良い謡曲を歌いあげて銭を稼ぐ鳥追い女の声である。

「姉ちゃん、七福神詣《もう》ではいったのかい」

夕女之丞が杯をくいっと傾けて、目を細めて聞いてきた。

「まだよ」

「おきくとおっ母《か》さんも、まだなのかい」

おなつの母と妹は『たけの家』のある同じ猿若町の一角の長屋で寝起きしている。

目の見えない妹のおきくは、普段は長屋で待っている。目が不自由といってもおきくは物覚えがよく賢くて、長屋のなかの、どこになにがあるかをたった一日で身体で覚えて、できる範囲で家のことをやってのけている。

おなつが『たけの家』で働いているときの母の看病は、おきくの役目と互いに決めた。

「そうよ。料理をこさえて、昼からゆっくりとおきくを連れていくつもりだったから」

――おっ母さんははたして外を歩けるかしら。

火事以来、すっかり寝付いてしまった母のことを思いながらおなつが言うと、

「そうか。じゃあ、おきくとおすえちゃんはあたしが連れていこう。今日は、おすえちゃんを借りていいかい？」

「いい……けど……」

「おっ母さんの顔もひさびさに見たいし、あたしだって手土産を持っておっ母さんの見舞いがしたいから、残ったご飯は握り飯にして、かぴたん和えと香の物もつけて弁当仕立てにしておくれ」

夕女之丞が声を跳ね上げた。

「うちの握り飯と、かぴたん和えと香の物があんたの手土産になるのかい？」

「そうだよ」

「本当にあんたは……」

呆《あき》れながらも、おなつは「それもいいかもしれない」と夕女之丞の顔を見返した。なんのかんのと言いながら、母は、息子の夕女之丞には、甘いのだ。夕女之丞が弁当持参で訪れて「七福神詣でにいこう」と誘うなら、ひさびさに布団から出てくることができるかもしれない。

不安そうに過ごしているおすえとおきくの気晴らしにもなる。

弁当箱は、竹で編んだ小振りな行李《こうり》の蓋《ふた》つきのものがある。

「わかった。じゃあ、握り飯を用意するよ。ご飯が冷めてから握ったんじゃあ、まとまらないからね」

おなつは食事を途中でとめて立ち上がり、握り飯を作るのに流しに戻った。

夕女之丞が、握り飯やおかずを詰めた行李弁当箱を持って、おすえを伴って『たけの家』を出たのは半刻《はんとき》ほどたってからだ。

数馬は、夕女之丞とおすえを見送って、店に残った。

客のいない店内にひとりで残るのはつらいので、数馬がいてくれることにほっとする。数馬に「少しの間、店を頼むね」と頭を下げて、おなつは水につけておいた土鍋《どなべ》や皿を外の井戸場にいって束子《たわし》で擦りあげる。片づけを終えて戻ると、ふたりきりになった店のなかは妙に静かだ。

気まずさを覚え、おなつは、やらずともいい作業を求めて流しに立った。かぴたん和えは作り過ぎてしまって、弁当箱に詰めてもまだ少し残っている。

ぽつんと置き去りにされた皿を前にこれをどうしようかと考えていると、

「残ったのかい」

と数馬が首をのばして聞いてきた。

「あ……ああ、うん」

数馬も小上がりから立ち上がり、おなつの横に並んで立った。おなつの片側だけが、ふわりとぬくまるようなそんな気がした。触れるようで触れない距離で、数馬がおなつの手元の皿を覗《のぞ》き込む。

「そいつをくれよ」

おなつは目を瞬かせて数馬を見上げた。

――でもこれは烏賊《いか》の、しかも下足《げそ》だよ？

言わずとも、おなつの戸惑いを悟ったのだろう。数馬はにっと顔いっぱいに笑みを広げ、

「いいから、よこしな」

と、めったになく乱暴な言い方でさっと皿を取りあげる。箸《はし》を使わず、武骨な太い指でひょいっとかぴたん和えをつまんで口に放り込む。

油のついた指をぺろりと舐《な》め、目を細め、おなつを見る。

「ああ……旨いな。おなつの作るもんは旨いよ。どれもみんな真面目な味だ」

数馬はどんな食べ物もいつも美味しそうに食べてくれる。

「真面目な味って」

チクリと胸が痛いのは、夕女之丞に刺された棘《とげ》の名残だ。

――芝居茶屋の女将《おかみ》やるなら、もうちょっと柔らかくなってくんなきゃあ。お客さんはみんな楽しみに来てくださってんだからさあ。

猿若町は遊びの町。そこで真面目な自分が小茶屋を開いて、はたしてやっていけるのか。

すごい料理は作れない。段取りも悪くて、ばらばらの順番で食べ物ができあがっ

てしまう。まだまだ新米で、なにひとつわかっていないこんな自分の店に来てくれる客はいるのだろうか。

客のいない店のなかをちらりと見渡す。心の奥に影が差す。

「大丈夫だよ」

ふいに数馬がそう言った。

なにが、と聞かずとも伝わった。なにもかもすべてをひっくるめて「大丈夫だ」と数馬はそう言っているのだ。なんの理由もないままに、無責任に告げるその言葉が、胸に重たくずしんと響く。

「数馬までなんだか適当なことを言いだした」

苦笑いして言うと、数馬が真顔になる。

「適当じゃあないよ。烏賊嫌いの俺が、かぴたん和えを食べたんだ。自信をもてよ」

「それは……私が不安そうにしていたから、励まそうとして食べてくれただけでしょう。美味《おい》しそうに見えたとか、そういうんじゃあないはずだよ」

途端、数馬が困り顔で頬のあたりを指で掻《か》いた。

「そういうわけでもないんだよ。夕女之丞が、イカとタコの話をしたからさ――御目見得以下も、いつか空をあがって凧《たこ》になることもあるかもしれない。いつまでも烏賊を見ないふりもしてらんないだろうって、それで、食べるなら今日、いまだろうって思ったんだ」

――え？

眉《まゆ》を顰《ひそ》めて絶句したおなつに、数馬が、さらに困った顔になって続けた。

「俺だけじゃあなくってさ――今日の夕女之丞のイカとタコの話はさ、夕女之丞なりに、おなつを励ましたかったたんだよ」

「はあ？　イカとタコの話が？　なんで？」

なんでって、と、数馬はあらぬ方を見て、ぽつぽつと語りだす。

「おなつは気持ちが全部顔に出るから。――俺たちが店に入った途端、おなつの期待を裏切っちまったなって、わかったよ。よそ行きの顔でこっちを見て、お客さんかと期待して――俺たちだってわかって、違う、相手は、身内で知り合いだって落胆した」

「……うん」

見透かされていたのかと、おなつはしゅんと肩を落とす。

「おなつばかりをうなだれさせてなるもんかって、夕女之丞なりに芝居をしたんだ。気づかなかったのかい？　泣いたり笑ったり怒ってみせたり、あの手この手で、おなつのやる気を引きだそうとしてたじゃあないか」

そう言われ、おなつは「そうかしら」と首を傾げる。

芝居じみた所作と言葉ばかりが今日の夕女之丞から転がり落ちると、内心で困惑していたのはたしかだったのだけれど。

「実を言うと、夕女之丞も、七代目市川團十郎の江戸所払いからずっと、いろいろと悩んでいたんだぜ。お上が芝居小屋を閉じこめて、この先、自分みたいな売れない役者に、役をくれる小屋があるんだろうかって。江戸から離れて、地廻《じまわ》りの役者になろうかって思いつめて相談されたこともある」

地廻り役者は、旅興行の歌舞伎役者のことである。

「でも、おなつが年末にここに越して、店を開くことにしただろう。おなつを残して江戸を離れるわけにはいかないなってあいつなりに覚悟を決めたんだ」

「言ってないからな。夕女之丞は、おなつには、弱いところを見せたがらない」

「知らなかった……」

「弱いのに」

即答したら、数馬がくすりと笑った。

「イカとタコの話は——芝居小屋を遠ざけたところで、江戸っこは黙って言われるがままにしないって、信じたいし、猿若町を盛り上げたいからって、夕女之丞なりに自分を奮い立たせようとした結果の話だよ。いかのぼりを禁じられたら、あれはタコだって言い張って、凧《たこぁ》揚げに言い換えて、新しい漢字まで作ってしまうのが江戸っこなんだ。猿若町に江戸の芝居小屋すべてを押し込めて〝なかったこと〟にしようとしても、なくなりゃあしないって、そういう話だ」

「…………」

「まだ、これからだからってことを夕女之丞は言いたかったんだ。おなつは、越してきたばかりで気張って──『たけの家』は出遅れちまったし、料理上手だったお父《と》っつぁんもいないし、どうしようって思っても、まわりを頼れる質じゃない。そんなことは、夕女之丞はわかってるさ。姉と弟だもんな。だからこそ励ましたいと思ったんだろう。まあそれが、どうしてすっと素直に言うんじゃあなくて、まわりくどい、イカとタコの話になっちまったかは……なんというか……そこは夕女之丞だ」

「そう……だね」

夕女之丞にはそういうところがあったのだ。昔からそうだった。

説明が長い。そして斜め上や斜め下にぐるぐると話しがちだ。

「そのへんは、おなつがさ、あいつに気遣って大根を出さなかったのと根っこのところは同じだよ。そういう気遣いはするのに、口では、文句の言い合いだろう？」

おなつははっと息を呑《の》む。

「大根……気づいていたの？」

「気づくさ。板の上に載っけてた大根、俺たちが来てから下にしまい込んだだろう。俺は烏賊を食べないが、烏賊がどんな料理になるかくらいは知ってる。烏賊は、大根と煮付けると柔らかくなるんだって、母上が昔いやになるくらい言っていた。俺の烏賊嫌いを直そうとして、あれこれ料理をしてくれたからね」

まあ、なにになっても子どもの俺は頑として食べなかったんだけど、と、数馬がぽつりとつけ足す。

「でも、いま、食べた。久しぶりに食うと、旨い」

そして、ふぅっと長く息を吐きだし、

「久しぶりに長く話すと、口が疲れる」

と言ったきり、今度は口を噤《つぐ》んでしまう。

――数馬にしてはずいぶんと長く話してくれたものね。

おなつの口元に自然と小さな笑いがのぼる。

がんばってたくさん話して、夕女之丞の真意を解説し、おなつを励まそうとしてくれた幼なじみの精一杯の優しさに、胸の奥がふわりとあたたかくなった。

「……そう。疲れた口に、いま、お酒を用意したげるよ」

横に立つ数馬から身体を離し、酒をちろりに用意しようと背を向ける。数馬はのんびりとした声で「水が、いい。少し、酔った」と、そう言った。

「わかった」

板場の横に置いた水瓶《みずがめ》から柄杓《ひしやく》で水を掬《すく》い、椀《わん》に注ぐ。おなつの手首に水滴がぴしゃりと跳ねる。

おなつは、いま、不安だった。

そして夕女之丞も、また、不安だった。

それで互いの気持ちを奮い立たせるために出した話が、正月の空を飛んでいた凧《たこ》と、ちょうどよくおなつがさばいていた烏賊だった。

――烏賊が嫌いな数馬の前で、なんて間の悪い姉と弟なんだろうね。

けれどこの間の悪さがとても自分たちらしいと、おなつは思う。

そのうえで、すべてをまるっと飲み込んで笑顔で諫《いさ》める数馬の在り方も、あまりにも数馬らしいものだった。

「夕女之丞の芝居は、俺も見る。『たけの家』に席を用意してもらって、ここでご飯を食べるし、酒も飲む。何人か友人に声をかけて、連れてくるよ」

長く話して疲れたとぼやきながらも、数馬は、ぽつぽつと、言葉を途切れさせながら、ゆっくりと話を続ける。

「うん。ありがとう」

水瓶の前でうつむいて、背中で応じる。

「大茶屋には大茶屋の客がいて、小茶屋には小茶屋の客がいる。大丈夫だよ。遅れてはじめたとしても、やっていけるさ。おなつなら、大丈夫」

振り返って数馬の前に水の入った椀を差しだすと「うん。ありがとう」と受け取って、椀に口をつけてごくごくと水を呑み干す。

これだものと、おなつは思う。

普段は口下手なのに、こういうところで細やかな配慮を見せて、大事なことを話してくれるのだ。長屋のおかみさんだけじゃなく、たいていの女は、数馬にころっと気持ちをもっていかれちまうんだ。

「適当な大丈夫を大盤振る舞いされても」

おなつは小声でつぶやく。

嬉《うれ》しいと思うのに、憎まれ口を叩《たた》いてしまうのが、おなつのかわいげのないところだ。素直じゃない。自分でもわかってる。

でも――。

「すまん」

と謝られてしまい、素直に笑い声が口から零《こぼ》れ出た。こういうときに言葉を重ねず謝罪してしまうのが数馬の数馬らしく、信頼が置けるところなのである。

「じゃあ、せめて、私も神頼みをしてくるわ。七福神詣《もう》でにいったら夕女之丞たちとも会えるかもしれない。数馬も一緒にいってくれる？」

「……ああ」

静かな声が返ってくる。

おなつは濡《ぬ》れた手を布巾《ふきん》で拭《ふ》いて、たすき掛けをしていた紐《ひも》を解いた。

客を招き入れたくて開いたままにしていた表戸からも冷たい風がびゅうっとおなつの頬を叩く。

穏やかに晴れた空に、威勢のいい錦絵《にしきえ》が描かれた角凧《かくだこ》が風に煽《あお》られ、揚がっていた。ちぎった綿に似た白い雲の横に極彩色の絵がちかちかとまぶしかった。

第二章　手つなぎ幽霊の東西ちまき

猿若町に幽霊が出るという噂を聞いたのは、おすえが引っ越してきてすぐだった。嫌がるおすえに最初に怪談を聞かせたのは、蕎麦粉《そばこ》を買いにおつかいにいった先の蕎麦職人の見習い小僧の又吉《またきち》だ。

「ひとりきりで夜道を歩いていると、出るらしいぜ。もう誰かもわかんねぇ、どろどろに焼けただれた顔をした幽霊がさ」

ひたひたと足音をさせて忍び寄ってくるのだという。

それで振り返ると、そこには誰もいないのだとか。

「誰もいないから、ああ、気のせいかって、ほっとするだろう？　でもよ、ほっとしたところで、とんっと背中を叩かれて、もう一回、振り返るとそこには火傷《やけど》の幽霊がっ」

又吉は毎回ここで身体の前で両手を垂らし、おすえにぎゅっと顔を近づける。

はじめてこの話をされたときは語り口がおどろおどろしくて引きこまれた。

ささやき声になったから、よく聞こうと耳を近づけたところで、突然、大きく声を張り上げて身振り手振りつきで恨めしそうに怖い顔を演じる。

おかげでおすえは、驚きすぎて悲鳴をあげた。

その場でぴょんと跳び上がったおすえの様子がおもしろかったのか、又吉は、おすえがひとりでいるのを見かける度に、幽霊の話を耳打ちするのだ。

又吉は、いま十二歳。

おすえのひとつ上である。

又吉はおなつが一緒のときは幽霊話は一切しない。おすえがひとりだけで蕎麦粉を買いにいくとあからさまに無愛想になって、しかもこんな怪談話を聞かせておすえを驚かせるのだ。

どうしてこんな意地悪をするのか、おすえには、又吉の気持ちがよくわからない。

とはいえ、男のほうが女より子どもだっていうのはよく聞くことだから、又吉の気持ちがおすえにわからないのは当たり前なのかもしれない。女は十四歳で嫁ぐこともあるけど、男の元服は十六歳過ぎ。ひとつ上だと思わずに、三歳くらい下だと思って対応するくらいでちょうどいい。

今日も今日とて、又吉は、おすえの顔を見た途端、むっと口を引き結んだ。

おすえは、又吉ではなくその父親から蕎麦粉を買いたいのだけれど、父親は裏で仕事の最中なのか出てこない。

「新しい幽霊話を仕入れたよ」

又吉が言う。

こちらは「またか」と思うから、できるだけ無愛想に、必要なことだけ告げている。が、又吉は、おすえひとりだと蕎麦粉を計るのにも、包むのにも、いつものんびり時間をかける。

——おなつさんがいるときは愛想がいいし、普通の話をするっていうのにさ。

「猿若町だけじゃあなくって、大川のあたりにもいるそうだぜ」

「なにが」

「幽霊。昨日は、雨が降ってただろう？　だからあたりも薄暗くって、昼間っから、川辺の柳の下に白い着物の……」

いやだいやだと、耳をふさいで「お化けの話はもういいです」と睨《にら》みあげると、又吉が「ふぅん」と言った。

――「ふぅん」ってなんなの？

又吉のせいで、おすえは、猿若町に来てから暗がりにひとりでいるのがとんと怖くなってしまった。

しかも誰にも「お化けが怖い」と言えやしない。

だって顔がただれた火傷の幽霊って、それは火事で死んだ誰かだ。『たけの家』の先代の喜三郎《きさぶろう》は火事に巻き込まれて亡くなった。火傷のお化けが出るなんて、おなつや、おきく、そして先代の女将《おかみ》さんのおみつに言えるはずがないではないか。

そんな怖ろしくて、胸が痛くなるようなこと、言えるものか。

先代女将のおみつは、火事で亭主と店を失って、それきり寝込んでしまっている。火傷の幽霊の話なんて聞かせたら、泣きだすに違いない。

「怖いのかい？　なんなら、おいらがあんたのこと送ってってやってもいいぜ。いま、おっ父にちょっと送ってくって頼んでみてやるから……」

もじもじとして又吉が言うから、おすえは、その手から蕎麦粉の包みをひったくるようにして受け取って「いらないよ。ひとりで帰れます」ときっぱりと言った。

「……ふぅん」

少し傷ついた顔になっている。傷ついているのは、こっちだよと言い返したいが、言い返せない。

──だから「ふぅん」っていったいなんなのよ。

おすえはぷんぷんとむくれた顔で、包みを懐に抱えて、おなつが待つ『たけの家』への帰路につく。

自然と小走りになっている。

「夜に出るのも嫌だけど、雨の昼に出るっていうのも教えてもらいたくない話だったよ。なんであんなことばかり言うんだろう」

空は曇天。

灰色の雲がみっしりと空を覆っていて、いまにも雨が降りだしそうだ。

生あたたかい風がびゅうびゅうと吹いてきて、うつむくおすえのうなじをくすぐる。誰かの足音が聞こえてくるような気がしたが、振り返って、なにかがいたら嫌だから一心不乱に前を向く。

お化けが怖いんじゃあない。

怖いのは──お化けが火傷をしているっていうところ。

──もちろん、本当にお化けが出るとしても、だんなさまのはずはないんだ。だんなさまは、化けて出てきたりしない。だって、いい人だったんだ。叱るときは叱るけど、後腐れなくってさ。

先代の喜三郎は、芝居茶屋を開く前は料理人として働いていた。店をはじめてしばらくは、女将のおみつと二人三脚で、美味《おい》しいご飯を作るために、ときどき板場に立っていた。

が、ある程度、商いが軌道にのってからは、板場にもうひとり人を雇い入れ、必要以上には働かず、ふらふらよそを歩いてばかりになったのだと聞いている。でも、それはいいことだ。当時の『たけの家』は、お茶子のおすえを雇い、板場に料理人を雇いいれるくらい、余裕がある芝居茶屋だったのだ。

——忙しかったけど、楽しかったなあ。

たまに葺屋町の『たけの家』での日々を思いだすと、胸の奥のところがぎゅっと搾られて、痛いような、心地いいような奇妙な気持ちにとらわれる。もう二度と帰ってこないあの日々は、懐かしくて、大事で、かけがえのないものだった。

葺屋町の『たけの家』は、忙しいけれど「隙間」があった。時間と時間のあいまをぬって、遊ぶ余裕を、全員が持っていた。

たとえば、おすえはときどきおみつに呼ばれて「だんなさんが逃げないように見張っといておくれよ」と頼まれたものである。にやっと笑って「これは、あの亭主に丸め込まれない、おすえにしか頼めない。大事な役目だよ。他の子どもらは、なんやかんや、だんなさんに甘いんだ」と、金平糖や飴玉《あめだま》を、おすえの口にぽいっと放り込んでから、頬張るおすえの頬を毎回つんっと指でつつく。そのときの、おみつの、目配せが好きだった。

喜三郎は喜三郎で「見張るようにって言われてます」というおすえを茶目っけのある笑いでいなし、「逃げだした俺を追いかけてるっていう体で、おすえも一緒に適当に息抜きしたらいい。なあに、これも茶屋のだんなの仕事のうちだ。いまなにが流行《はや》ってるのか、俺は身体で覚えとかなきゃあならないのさ」と、出かけてしまう。

なんなら一緒に来るかいと、何度か、手を引かれたことがある。

柔らかく握る手は、力加減が絶妙で、解こうと思えばいつでも解ける。でも、人混みや、柄の悪い連中がうろつく場所になると、喜三郎は絶対に解けないくらい強く、おすえの手をつなぐ。人相の悪い男とすれ違うとき、さりげなく、おすえを背後にかばおうとしてくれているのを、おすえはちゃんと知っていた。

喜三郎を引き止めることができる日もあれば、ついついつられて外に出かけ、喜三郎を追いかける日もあった。

出かけた挙げ句に、途中で撒《ま》かれて、泣きべそをかいて店に戻ったときは、おみつは、おすえではなく喜三郎に「あんたがちゃんとしてると思ったから、おすえにまかせたんだっ。なんかあったらどう責任とるんだい。だいたい、子どもを泣かせるなんてどういう了見だい。おすえにきちんとあやまんなさい」と、怒鳴りつけていた。

──そのあと「ごめんよ」って、だんなさまはあたしに謝ってくれたんだ。

喜三郎はいつ逃げだしても、柔らかい声で「でもよ、芝居茶屋の亭主ってのは、遊んで歩いてだらしないくらいでちょうどいい。粋《いき》ってもんを知らないと、芝居を楽しむお客さんと話も合わないから」と笑っていたが、おすえがはぐれたときだけは、本気でおみつとおすえに謝罪していた。

だからおすえは、もう絶対に二度とはぐれてはならないと気合いをいれて、喜三郎を追いかけまわすことにした。

たまに喜三郎は「そんなに真剣にやらなくても」と半泣きになったが、弱った顔をされてもおすえは喜三郎を見逃さなかった。自分がはぐれると、ふたりが本気の夫婦《ふうふ》喧嘩《げんか》をしてしまうと思ったからだ。

とはいえ、おみつと喜三郎は、しょっちゅう喧嘩をする夫婦だったが、すぐに仲直りをして笑いあう夫婦でもあった。

おすえが見聞きした彼らの喧嘩は、いつも他愛のないものだ。たとえば「おすえに何色が似合うか」でも喧嘩をはじめたし「おすえがおとなになったら、どっちがおすえに似合う反物を選ぶか」でも喧嘩をしていた。

そしてみんなが知っていた。

ふたりの夫婦仲の良さと、ふたりが手に手をとりあって『たけの家』をまかなっていることを。遊び歩いているように見えて『たけの家』の要《かなめ》は、実は、喜三郎であることを。

いざというときに喜三郎は我が身をなげうってでもみんなを守る気概があった。

そうして——実際、身をなげうって火事に巻き込まれて亡くなって。

——だんなさまがいなくなって、おみつさんはずいぶんと痩《や》せこけちまってさ。新年も、夕女之丞さんが誘いにきてくれたのに、床から出てきやしなかった。

だから、だ。

——だんなさまが、痛そうな爛《ただ》れた顔で出てきたら、おみつさんも、あたしも……みんなして、泣いてしまうってば。

蕎麦粉《そばこ》を胸もとであったためて、おすえはそれだけを考えて『たけの家』に走って帰ったのであった。

※

猿若町の朝は、とにかくお日様がのぼったら、だ。

度重なる火事を咎《とが》められ、猿若町に引っ越しを命じられた芝居小屋に火の気は御法度だ。明かりを内側で灯すことはできず、芝居がはじまるのは空に日が昇って明るくなったらと決まっている。そして芝居は、あたりが暗くなって舞台が見えなくなればおしまいだ。

日の出の明け六つにはじまり、日の入りの暮れ七つ半で終わる。

お日様が空をぴかぴかと磨きだしているときには、芝居町の全員が、客を迎えいれるのに準備万端整えているのが道理——と『たけの家』の若女将《おかみ》のおなつは、おすえにそう言った。

今日から新しい芝居が高村座にかかる。

気合いがはいった、五月一日の朝である。

だというのに、おすえは、明け七つの一番太鼓を聞き逃し、おなつが『たけの家』を掃除する物音で起きたのである。眠い目をこすり寝返りをうったところで、はっとして、がばりと半身を起こす。

障子窓の向こうはまだ真っ暗で、空が透き通るその前だ。でも日がのぼってから支度をするのでは遅いのだ。今日は寝坊してはならじと長屋ではなく店の二階で寝泊まりしたのに、なんていうことだ。

――猿若町にも大川にも昼間から幽霊が出るって変な話を聞いて、怖くて、寝つけなかったから。

咄嗟《とっさ》に寝坊の言い訳が脳裏を過《よ》ぎっていって、そんな自分に嫌気が差す。言い訳しているひまに身体を動かせと、自分の頰をぱしんと叩《たた》いた。

その勢いのまま、慌てて仕事着の筒袖《つつそで》の着物を羽織り、半幅の黒繻子《くろじゅす》の帯をぐるぐると巻いて、階段を駆け下りる。

とうに起きていたおなつが、固く絞った雑巾《ぞうきん》で板場を掃除している。

おすえはきゅっと身体を縮め、

「……おはようさんでございます」

足音をさせて駆け寄って頭を下げた。

「おはようございます」

掃除の手を止めたおなつが、おすえを見上げる。ぼんやりとした暗がりのなか、おなつの顔はほわりと白い。

夜の色にも、違いがある。丑三《うしみ》つ時の真っ暗な夜と、あと少しで日が昇る夜は、闇の質が違う。こうやって話しているあいだにも、店に置いてある駕籠《かご》やら鍋《なべ》やらの輪郭がくっきりと浮かびあがってくる。

おなつは松かさと笹の葉を組み合わせて散らした笹蔓《ささづる》文様の着物に宝尽くしの帯を締めていた。

どんどん露《あら》わになるおなつの姿かたちが、夜明けが近いことをおすえに伝えた。

「明日は、私が起きるのにあわせて、起こすわよ」

おすえが謝罪するより前に、おなつが柔らかくそう告げる。

「はい。蹴飛《けと》ばしてでもいいから起こしてください。寝坊してごめんなさい」

しおしおとうなだれてもう一度頭を下げると、おなつが「蹴飛ばしたりしないわよ」と笑って、優しく手招きをした。

「おすえちゃん、こっち来て。帯がゆるんでるよ。直したげる」

「はい」

おすえは、甘酸っぱい心持ちでそわそわとおなつの側に寄った。おすえにとって、おなつは、欲しくて欲しくてたまらないあたたかい母親や姉に似た「なにか」だ。

ぐうたらで稼ぎのない博打《ばくち》打ちの父と、後添えでおすえとは血のつながらない母を持ち、八歳のときに売られたおすえは、親の情というのがよくわからない。

実の母は、たぶん、優しかった。けれど母はおすえが六歳の年に亡くなって、以来、父は、おすえに五歳年下の弟の面倒を見るようにと命じたのである。当時の記憶は、いつもお腹が空いていたということくらいしか残っていない。

風呂《ふろ》にいく金もなく、頭も虱《しらみ》がわきほうだいで、着物だって古びた襤褸《ぼろ》を、縄でぐるぐるに巻いてどうにか落ちないように身に纏《まと》っていた。見た目もそれだし、弟を必死で抱えようとしてよたよた歩いていたおすえは、同じように貧しい長屋暮らしの近所の子どもらからも、鼻つまみもの扱いだった。

後添えとして新しい母がきたとき、おすえはぼんやりと期待したのだ。これで自分も着物を着つけてもらえるなとか、貧しいなりにひもじい思いはしなくてすむんじゃあないかって。

しかし新しい母は、おすえに、帯の結び方を教えてくれなかった。着付けもしなかった。ご飯を炊いてくれることもなかったから、ずっと空腹なことも変わりなかった。それだけではなく後添えの母は、父に「男の子は、いいよ。まだちっちゃいし、かわいげがある。けど女は、いらないよ。よそに売ってきてよ」と耳打ちをした。

結果としておすえは八歳で売り飛ばされて、いま『たけの家』にいる。

器量が悪く痩せっぽちの見た目を買い叩かれて値が落ちたと口入れ屋に聞いている。そうじゃなければ遊郭いきだった。自分が不格好でよかったなと、後になってしみじみと思ったものだ。

『たけの家』は、居心地がいい。先代の喜三郎とおみつも、おすえに良くしてくれたが、おなつの優しさはとびきりだ。

火事で店がなくなってからも、おすえを家に残して食べさせてくれた恩義を、おすえは生涯、忘れないだろうと思う。

おすえがまだ少ない人生の来し方を思い返して、うるっと涙を溜《た》めている間に、おなつが、巻いた帯を一旦《いったん》解くと、おすえの身体を抱え込むようにして、丁寧に帯を巻き直す。

「そっち向いて」

おなつに指示され、くるりと身体を反転し、背中を向ける。ぎゅっと帯をしごいて、身体を強く締めあげられる感触に、おすえの胸がとくとくと鳴った。

「どうってことない貝の口の結び方だけど、これがいっとう動きやすいのよ」

帯を締めあげたおなつがそう言って、背中を軽くとんと叩いた。

どんな結び方でも、なんであっても、おすえは嬉《うれ》しい。他人に結んでもらうということが、とにかくそわそわとして、誇らしい。家にいたときは、誰にもしてもらえなかったことだから。

――あたしが犬だったら、尻尾《しっぽ》を振ってる。猫だったら喉《のど》をぐるぐる鳴らしてる。

おすえの心がむずむずと転がり、震えている。

「はい。ありがとうございます」

「おすえちゃん、ちょっと背がのびたわね。そろそろこんな格好をしていられなくなるかしら。もっと娘らしい着物を作ってもよかったんだけど……」

おなつの言葉がおすえの胸をちくりと刺した。

――あたしが年頃になったら、よく似合うかわいい着物を作ってくれるって、女将さんとだんなさんはいつもそう言いあって、なにがあたしに似合うかの言い争いをしてくれて。

その喜三郎はもういないし、おみつは寝込んでしまっておすえのことをまともに見てくれなくなっている。

「いりません。あたしはまだ、子どもですから」

実際に痩《や》せっぽちで、まだ胸も膨らんでいないし、月のものも、ない。娘らしい出で立ちに憧《あこが》れはあるけれど、自分には似合わないと思っている。

――こうやって、おなつさんに帯を結んでもらえるなら、これがいいや。

まだ、子どもでいたいのだ。甘やかしてもらえなかった童《わらべ》の時代を、もう少し引き延ばし、おなつにあやされていたいのだ。この気持ちがちょっとしたズルだっていうことは、おすえだってわかっているのだけれど。

きりりとした佇《たたず》まいのおなつだが、おすえを見る目はいつも優しい。目を合わせて声をかけてくれるとき、おなつの目は柔らかく細められているし、口元には小さな笑みが刻まれている。彼女の笑顔を間近で見られる自分は幸せだ。

「わかったわ。お水を一杯飲んでから、顔を洗いなさい」

おすえは「はい」と元気よく返事をし、ひしゃくで汲《く》んだ水を呑《の》み、足もとまである長い前掛けを身につけた。

身支度を整えると、竹箒《たけぼうき》を手に、店の戸を開け、表玄関を掃き清める。店前の通りまで丁寧に掃く。たまに紛れる紙や木くずはより分けて、別にまとめる。火を使うときの焚きつけにすればいい。

野菜の皮や魚の骨も見逃さず、少しでも食べられるものがあれば御の字で、道ばたの塵芥《じんかい》だとて使い道はある。すべてを捨てるのはもったいない。

いじましいかもしれないが、ずっとそうやって道ばたのものを拾って生きてきた癖が抜けない。

少し恥ずかしい癖だけれど、おなつはおすえのこの細かさを「いいことだよ。見倣わなくちゃならないね」と言ってくれた。

ひととおりすべてが綺麗《きれい》になると空の端が白々と明るくなっていく。夜明け前の空が焼ける寸前の透き通った蒼《あお》は、極楽浄土にある清らかな水みたいで、ひしゃくで掬《すく》って飲んでみたいと毎回思う。

しかし夜が明けるなら、大川の船着き場に客が辿《たど》りつく頃合いだ。

こうしちゃあいられないと、おすえは『たけの家』の屋号の紋の竹が描かれた提《ちょう》灯《ちん》を手に取った。歩いているうちに明るくなるとしても、火を灯したほうが、行きの道中が遠くからでも目立つ。『たけの家』の名前をかざして歩いてまわるのも、宣伝だ。

船を使って川を下り猿若町を訪れる客を迎えにいくのは、お茶子であるおすえの役目のひとつだ。

慎重に火を点けて提灯を灯してから、おすえは、おなつに声をかける。

「おなつさん、それでは行って参ります」

言われたおなつはすっと姿勢を正し、

「はい。お気をつけて。お客様のお迎えをどうぞよろしくお願いいたします」

と、表口からおすえを見送った。

おすえは、からころと下駄を鳴らして表通りに向かう。

今日の『たけの家』は木戸札を買った客が来る。しかも相手は夕女之丞を贔屓《ひいき》している太物問屋の『上総屋《かずさ》』の主だと聞いている。

夕女之丞のツテで皐月《さつき》狂言の木戸札を頼まれたとき、夕女之丞の前では、おなつは「あら、ありがたいこと。上総屋さんがうちを使ってくれるのは、はじめてだね」と感謝しながら請け負って——けれど夕女之丞のいない場で「あの子を贔屓してくれる姐《ねえ》さん方は、とんと長続きしないんだけど、上総屋のだんなさんだけはずっと夕女之丞の面倒を陰に日向《ひなた》に見てくださっているのよね。上総屋さんはいつもよその大茶屋を使っているはずなのに、夕女之丞が、私のために『たけの家も御贔屓に』ってお願いしたのかもしれないね。だいじにしなくちゃあいけないし、夕女之丞の顔をつぶせない。アシが出てもいいから今回ばかりは気負って、いい料理を出しとかないと」と真顔になっていた。

——おなつさんはそんなこと言っても、誰のことも、だいじにしてくださるんだ。おなつのような、誰のことも粗末にしない人がいう「だいじに」は、きっととびきり丁寧なもてなしに違いない。おすえは、絶対に、上総屋吉兵衛《きちべえ》に粗相をしてはなるまいと胸の奥で思いを固める。

表通りの一丁目にあるのは、高村座。二丁目は市村座。

小屋のまわりにひしめきあっているのは芝居茶屋だ。座元とも懇意にしている大茶屋は、表茶屋とも呼ばれていて、芝居小屋内や表通りの一角に店を設けている。武家や武家の女房、城に勤める女中たち、大店《おおだな》の店主といった「太い客」が利用する。

もっとも、昨今のご時世では、武家は堂々と芝居見物に通えないので、たいていお忍び姿であるのだけれど。

その裏手にあるのが『たけの家』をはじめとした小茶屋であった。小茶屋の客は、町人で、こつこつ稼いだ金を貯めて、たまの贅沢《ぜいたく》で芝居見物をしゃれ込んでいる。

高村座では幕が張られた櫓《やぐら》が高く掲げられ、左右に梵天《ぼんてん》が組まれている。もちろん二丁目の市村座も同様だ。

道沿いに、人気役者の紋や屋号を染め抜いた小旗がはたはたと風に揺れて翻る。

高村座の出し物は『碁太平記白石噺《ごたいへいきしろいしばなし》』だ。

新春公演の曽我兄弟は、客の入りがいまひとつだった。

――それでも、夕女之丞さんの朝比奈三郎は、愛嬌《あいきょう》があってよかったってみんなが言っていた。

そのおかげだろう。夕女之丞は、新春狂言に引き続き弥生《やよい》狂言、さらに今回の皐月《さつき》狂言の芝居でも役がついた。

しかし、おなつも数馬もことのほか喜んで大騒ぎだったのに、とうの夕女之丞はどうしてか新春狂言からずっと浮かない顔をしている。

代役をした兄弟子の体調はその後無事に回復したし、夕女之丞の朝比奈三郎も評判がよく、それで新たな役に抜擢《ばってき》されたのだから、もっと嬉《うれ》しそうにしていていいと思うのに。

いままでだったらたとえ端役でも役がついたら「見にきてくれ」と勢いよく言いにきた。それが、弥生狂言の『伊達競阿国戯場《だてくらべおくにかぶき》』の切られ役は、だんまりで、たまたま店に来た戯作者が「ちょっとでも出られるなら、調子がいいってことだよ。切られ役の侍だけどさ」と教えてくれて、やっと知った。

今回の『碁太平記白石噺』に至ってはきちんと台詞《せりふ》もあるたいした役がついたらしい。が、夕女之丞は弥生狂言に引き続き、今回も自らの役をおなつたちに教えにこなかったのである。

おなつが「ちゃんとした役者になってきたって聞いてるよ。中通りからの脱出だって」と笑顔で話しかけたところ、夕女之丞はしょっぱいものをたくさん口に突っ込まれたみたいな顔で口を歪《ゆが》め「そんなことはないよ。むしろ中通りじゃあなく、奈落《ならく》落ちだ」と謎めいたことを言っていた。聞いたおなつの顔も、一気にどんより暗いものに変わったので「奈落ってなんですか」と、聞けなかったおすえであった。

芝居小屋の楽屋は、役者によって違っていて――一階は馬の足や切られ役の端役たち、二階の中通りの大部屋は十把一絡げの女形《おやま》たち、格の高い立女形はひとりで広い部屋を使う。そしてさらに階段をのぼると、男役がついた立役たちの楽屋がある。もちろんここでも芸をきわめた格の高い名題役者は、大きな部屋をひとりで使うことになっている。

おすえは女で、芝居小屋の楽屋に入ることができないから、そのすべては聞きかじって覚えただけで、見たことはないのだけれど。

でも、おすえは芝居茶屋の仕事が大好きで、おなつの一家が大好きだから、芝居にまつわること、料理、お客さんたちの会話のすべてを全部きちんと耳の奥にしまい込んでいるのだ。そんなおすえだが、高村座の楽屋に、奈落があるなんて聞いたことはないのであった。

一度は朝比奈三郎だったのに、ここにきて男役で切られ役っていうのが嫌だったのだろうかと、おすえは思う。だったら、今回の役も切られ役なのだろうか。

それでも板の上で立って演じられるなら、なによりなのではと思うのだ。

おすえが知っている範疇《はんちゅう》で、役者というのはみんな、役がついたら喜ぶし、そのためになんでもする生き物だった。端役もつかない役者たちが、夢半ばにして、芽が出ないことにあきらめて役者を辞めて去る前に、『たけの家』で泣きながら酒を飲んでいるのを見たことが何度もあった。放心してなにも言えなくなっていたり、あるいは暴れだしたりして去っていった彼らが、いまの夕女之丞を見たらきっとものすごく罵倒《ばとう》するだろう。

なんでもいいから役がついたら、それだけでいいじゃあねぇか、馬鹿野郎って。

――それが、ここんとこの夕女之丞さんは、意気地をなくして尻尾《しっぽ》を下げた犬みたいな様子で、元気がないだけじゃなく、言葉数も少ないんだもの。

どうしてだろうと、考え事をしながら、早足で歩く。

猿若町の木戸を抜けるとすぐに空は橙《だいだい》に染まり、真っ赤な朝日が山の端から姿を見せる。

今日は一日、気持ちよく晴れてくれるといいと願った。


吉兵衛は厚みのある腹をした壮年の男性であった。四角い顔で二重顎《あご》。埋もれた細い目と、小さな鼻と、おちょぼ口。さらさらと一筆で描けそうなご面相なのに、剽軽《ひょうきん》さがなく、押しだしが強い。腰は低く、おすえのようなお茶子に対しても丁寧な口調で話しかけてくれる。

おすえは吉兵衛を先導し、大川の船着き場から猿若町までゆるゆると歩いた。早くに辿《たど》りついても、芝居小屋が開く時間は同じだ。それでも人によってはせっかちの小走りになるのだが、吉兵衛は「そんなに急がなくてもよいですよ」と、おっとりしたものだった。

「本当はねぇ、見たくない気持ちもあるんですよ。夕女之丞さんの今回のお役は、よりによって〝どじょう〟だからねえ」

どじょうの役は、剽軽な大道芸人だが、悪人でもある。田舎から出てきた村娘の「おのぶ」をだまして売り飛ばそうとする。芝居を通しで見たことはないのだが、話の筋は、客に聞いて知っていた。

——夕女之丞さん、どじょう役なんだ。

「……はい」

他に言える言葉が思いつかなくて「はい」と小声で返し、前を歩く。実は返事などいらないのかもしれない。吉兵衛は夕女之丞の今回の配役に対しての愚痴を、誰かに言いたいだけなのだろう。

「それでも、いままでとは段違いの扱いなんだ。奥女中の役でも、通りすがりのその他大勢の切られ役でもなく、ちゃんと役名がついている。朝比奈三郎の大抜擢があって、それで今回のどじょう役。このままいけば立派な道化方で、三枚目の看板を背負える役者になれるかもしれない。そこはわかってる。わかってるんですけどねぇ……見るとがっかりするかもしれないから……」

これは「はい」とも言えず無言でやり過ごす。

木戸札は、猿若町の木戸を開けるためのもの。わざわざその札を用意して、高村座の桟敷席《さじき》の場所を取ってまで夕女之丞の芝居の初日を見ようという贔屓客《ひいき》なのに、来る道で話してくれるすべてが妙に後向きなのが気になった。

おすえにとって、夕女之丞は、役者でもあるが、それより「大好きなおなつ姉さんの、かわいい弟」という気持ちのほうが先に立つ。

――どじょうって、そんなに変な役なんだろうか。

気詰まりなまま吉兵衛を『たけの家』まで案内し、店の戸を開け、すっと後ろに身体を下げる。

開けた戸の内側から、出汁《だし》のいい匂いがする。店まるごとが、ほわほわと、美味《おい》しい香りをさせておすえたちを迎え入れてくれた気がして、力が入っていた肩がすとんと下がった。

「いらっしゃいませ」

と頭を下げるおなつを見て、おすえは我知らず、小さく息を吐きだした。


吉兵衛は二階の座敷に通された。

おすえは、おなつに言われて、座布団に座る吉兵衛にお茶を運んだ。

ふと見ると、いつのまにか、床の間の花瓶に菖蒲《しょうぶ》の花が活けられていた。

黄色い花びらが尖《とが》って、つんと上を向いて背伸びをしている。

端午の節句に邪気祓《ばら》いとして風呂《ふろ》にいれて菖蒲湯にしたり、根を酒に沈めて菖蒲酒にしたりするのは、黄色い花の菖蒲である。おすえは、それを、おなつに教わった。

『たけの家』だけではなく小茶屋では、まず最初に客にお茶を出す。所望されれば朝ご飯の用意もする。いざ、開幕とあいなれば、小茶屋の紋のはいった白い草履を用意して、履いてもらい、お茶子のおすえは、客のための煙草盆を抱えて芝居小屋まで案内をする。『たけの家』から小屋に向かう道は屋根つきで、板敷きだから、客の足もとは汚れない。

休憩時間になれば、客たちは芝居小屋から戻ってきて昼食を食べる。あるいは弁当を作ってこちらから運んで持っていくこともある。茶屋の座敷や小上がりで、そのまま昼寝を決め込む客もいる。朝早くに家を出て、猿若町までやって来てくれているのだ。あいまに休憩も必要で、食事をとらないと、疲れてしまう。

さらに芝居茶屋は、役者と贔屓客とが顔を合わせる場でもあるし、客たちの着替えの場でもあった。裕福な家のお嬢さんや、粋《いき》を見せたい芸者たちは、茶屋の場を借りて、幕間のあいだに自分たちも、役者同様、衣装換えをする。美しく装う自分を、好いた役者に見てもらいたいというより、ただただ、それが楽しいのだ。芝居見物という「晴れ」の日を、とことん遊び倒そうというのであった。

二階の座敷は、吉兵衛だけで他に客はいない。吉兵衛は、開けた障子窓のすぐ前で、足を崩して斜めに身体を傾げて座っていた。すぐそこにある高村座の芝居小屋と、道の前に立てられたたくさんの旗を見下ろしている。

「お茶でございます。まずは喉《のど》を潤してください」

「ああ。ありがとう」

吉兵衛が居住まいを正し、羽織と着物の裾《すそ》を手先で払う。

黒無地の羽織がぱらりと捲《めく》れ、裏の鮮やかな色が、おすえの目にぱっと飛び込んできた。一瞬だけしか見えなかったが、吉兵衛の羽織の裏は、すんっとした白百合《しらゆり》が咲き乱れていた。

おすえが目を見張って、口をぽかんと開けると、吉兵衛がおすえの見つめる先に気づいて、小さく笑った。どことなく得意げで、それでいて照れているような笑い方だった。

「……羽織裏くらいは遊ばないとねえ。あたしはね、夕女之丞が、いいんだよ。後ろているんだ。特に斜めに頭をもたげた角度のときの夕女之丞は百合の花だと思っ姿がいい女形《おやま》も、見返り姿がいい女形も、足が綺麗《きれい》な女形もいるけどね、夕女之丞は斜め千両の百合女形さ。だから、夕女さんの芝居を見にくるときはどこかに百合をあしらったものを身につけることに決めてるんだ。白百合さ」

そう言って今度は、おすえにもよく見えるようにと、羽織の前を解いて捲り、裏地を見せてくれた。

表地同様の黒布に、白百合が何本も刺繡《ししゅう》されている。細かく丁寧な作業を施された美しいものであった。めしべと雄しべが毒々しいくらいの金色だ。白百合の花弁は白で銀糸の縁取りをされている。緑の茎と葉も鮮やかだ。

「綺麗ですねえ」

感心しておすえが言うと、吉兵衛が「だろう？　瀟洒《しょうしゃ》禁止の世の中で、綺麗なもんを止められちまってるからねえ。せめて裏地くらいは、美しいものをと特別にあつらえたんだ」と胸を張って、前を締めた。

豪華なものを着てはならないと幕府に命じられて以降、町人たちは着物の表ではなく裏地に凝るようになっていた。舶来の名物裂《めいぶつぎれ》を使ったり、刺繡を施したりと、ぱっと見は地味な衣装でも、一枚捲ると、裏は派手。見えないところに施した贅沢《ぜいたく》を背骨にして、粋な町人たちは、己の洒脱《しゃだつ》を誇って、楽しんでいる。

「まあ、禁止されていなくても、あたしはこんな柄の着物なんざ着られやしないけどね。このご面相で、年も年だし、笑われちまう。夕女さんくらいの見てくれだったらねえ。あの人は、なんでも似合う。なあんでも」

うっとりとして吉兵衛が言う。たしかに夕女之丞はとにもかくにも顔がよいし、姿もすらりとして美しい。どんな派手な着物にも負けない一方、地味な襤褸《ぼろ》ですら着こなしそうな華がある。

「あたしはあの人が綺麗な姿で板の上に立ってる姿に惚《ほ》れたんだ。だっていうのにさあ——あの人が誉められるのは剽軽《ひょうきん》な脇役ばかりだ。役に気が乗るのは、綺麗な女形じゃあなく、軽い三枚目。夕女之丞は昔っから女形一本でやっていく気構えがないんだよ。こっちはずっと女形で通しておくれよって願ってるっていうのに。だいたい、夕女さんは、女形の大部屋、中通りの楽屋にいたんだよ？　女形一本でやる気がないと、役者仲間にも嫌われる」

嫌われるのか、と、喉のところで言葉を嚙《か》みつぶす。

どうして嫌われるのかを、問うことはできない。質問をするのに、間が悪い。いまは滔々《とうとう》と語る相手の愚痴を「はい」で聞き流すのが正しいと、子どもながら、長くお茶子をやってきたおすえは知っている。

「……しかもさ、どうせみんなに嫌われるんなら、実悪でもいいし、二枚目でもいい。ぱっとした色男をやってくれりゃあいいってのに、どうして、夕女さまは〝どじょう〟なんだい。思えば正月の朝比奈三郎が、よすぎたんだ。ちょっとした仕草も表情も、お人好しな滑稽《こっけい》さが溢《あふ》れてて。このまま夕女さんは剽軽な立役になっちまうのかねえ。そんな夕女さん、あたしは見たくないんだけどねぇ」

立役というのは、男の役だ。まれに女形もしながら、ときどき立役もつとめる役者もいる。夕女之丞も、そういう役者だ。これは昔から、そうだった。

おすえは「はい」とも「いいえ」とも言いかねて、黙って、箱膳《ぜん》の上にそろそろとお茶の椀《わん》を載せた。

おすえは、芝居茶屋で働いているから、客たちがあれこれいう芝居談義を聞きかじって、知ったような気持ちになっているだけで、通して芝居を見たことがない。弁当を小屋の座席に運ぶときだけ、幕のこちら側で役者たちの声と演技を盗み聞いたり、覗《のぞ》き見たりが、おすえの知っている歌舞伎のすべてである。

昼の休憩間際の決まった時間の、決まった台詞《せりふ》と所作しか見ない自分になんの意見が言えるだろう。

――どじょうがいいとか、悪いとか。なんにもわからないんだもの。

考えながら膳に載せる薄い陶器の焼き物は、おすえが普段使う椀と違って繊細で、うっかりしたらすぐに縁を欠けさせてしまいそう。

おっかなびっくり、そうっと触れているそれを、

「ああ、ありがとう」

吉兵衛はなにげなく手に取った。

おすえみたいなびくついた所作ではなく、堂々としている。高い器を使い慣れている人というのは、こんなふうなんだなと、ぼんやりと思う。

ひとくち飲んで、吉兵衛は目を大きく見開いて、

「おや。出がらしかと思ったら、いいお茶だ」

としげしげと椀の中味を覗き込んだ。くんっと鼻を動かして、香りを吸う。

「はい」

おすえは思わず笑顔になった。おなつが、夕女之丞の贔屓《ひいき》の吉兵衛に対して、気持ちをこめてもてなそうとしていることに気づいてもらえるのが嬉《うれ》しかった。

「そういえば……この『たけの家』は、夕女さんの姉さんの店なんだね。夕女さんは、どことなく品がある。いいものを知って、育ってきたんだねえ」

普段からこんないいお茶を飲むものか。だいじにしたい客だからお出ししている

だけなのに。それでも夕女之丞を「品がある」と誉めてくれるのは、嬉しいことだ。そう思ってくれているなら、否定はしないでおこうという分別を、おすえはきちんと持ち合わせている。

「それからこちらは縁起物のちまきでございます。三角のほうはお馴染《なじ》みのもので、細長いのは西で食べられる甘いちまきです」

続いてちまきを盛った籠《かご》を膳に置く。

「西のちまき？　珍しいね」

「はい。高村夕女之丞が特に所望とのことで、吉兵衛さんにも食べていただきたいからと頼まれて、今日、若女将《おかみ》が作りました」

おなつに先にこのように伝えてくれと言われたことを、するっとそのまま口にのぼらせると、

「それは食べないとならないな。どれ」

吉兵衛がちまきの笹の葉を開いた。

なかから出てきたのは、つるんと細長い餅《もち》団子である。笹の香りがする甘い団子は、美味《おい》しいけれど、べとべとと笹の葉にひっついて食べづらい。

「西のちまきはなんだか、ちょっと、面倒なもんだね」

難儀しながら飲み込んで、八兵衛は茶をすする。おすえはまたもや「はい」でごまかし、うなずいたのであった。

どぉん、どぉんと二番太鼓が鳴っている。

開いた木戸を若いお嬢さんたちが駆け込むみたいにくぐり抜け、表通りをそわそわと走る。

芝居小屋の中央に狂言の大名題の看板が掲げられ、高座にのぼった高札番が声を張り上げて今日の演目の口上を述べ立てる。

気ぶっせいな様子を見せながらも、吉兵衛は時間になればいそいそと高村座の席に出向いた。この日のための桟敷《さじき》は緋毛氈《ひもうせん》の敷かれた高価な席で、おすえは吉兵衛のための煙草盆を手にして彼を席まで案内した。

残念ながら『たけの家』に予約を入れた客は吉兵衛ひとりだけで、他は、ふりの客を待つしかない。それでも芝居の初日は、それぞれの芝居小屋も混み合うし、猿若町が賑《にぎ》やかになる。

はじめての芝居を見るとき、客たちはみんな浮き足立っている。

芝居を見る前にちょっと一杯ひっかけていこうという客もいれば、長い昼休憩に少しの贅沢で身分不相応でかつ変わった「いいもの」を食べようと小茶屋の暖簾《のれん》をくぐる客もいる。

おすえが吉兵衛を芝居小屋に案内し、戻ってきたら、一階の小上がりも床几《しょうぎ》の席も満員になっていた。

「戻りました」

と勝手口から店に入ると、へっついの横で大きな身体を小さく縮め、しゃがみ込んでいる男がいた。

藍《あい》染めの縞《しま》の着物の襟をぴたりと後ろ首に貼りつけて、白い手ぬぐいでほっかむりをして顔を隠している。

おすえは男の姿にぎょっとして、怖々、相手の顔を覗き込む。

よく見ると、ひらりと顔の横で小さく手を振って「おかえり」と笑うのは——夕女之丞であった。

「え……どうしてここに」

声をあげたら、夕女之丞が「しっ」と唇にひとさし指をのせ、笑う。

お客さんたちには内緒だよという意味なのかと、おすえは「む」と口を噤《つぐ》んだ。

なんといったって今回の夕女之丞は「どじょう」の役がついている役者なのだ。芝居前に小茶屋にいると、客が騒ぐかもしれない。

ちょいちょいと、手を動かして呼び寄せるから、おすえは夕女之丞の隣にしゃがむ。

「姉ちゃんに頼んだ、ちまきをもらいにきたんだ。今日は我が儘《まま》を言って、ちまきを二種類作ってもらったからさあ」

その声が震えている。指先もよく見たら震えている。

「ちまき……」

つぶやくと夕女之丞が「うん」と、子どもみたいにうなずいた。

――どじょうっていう役がついて、それはいままで夕女之丞さんがやってきたものとは、またちょっと違う役柄で。

いや、違わないのかもしれない。

ただしずっと贔屓をしていた吉兵衛が「なんであんな」と文句を言うような役であるのだ。

もしかしたら夕女之丞は「どじょう」をやるのが嫌なのだろうか。

店のなかに隠れて小さくしゃがんでいる夕女之丞を励ましたくて、おすえはそっと身体を押しつける。

どうしようかと、おすえは忙しく立ち働くおなつを見上げた。おなつは、あえてなのか、夕女之丞には目もくれず、竈《かまど》にかけた蒸し器から、細長いちまきと、三角のちまきを取りだして駕籠《かご》に並べているところであった。

細くて長いちまきは西のもので、笹の葉で甘い団子を包んでいる。三角に重ねた竹の皮は東のもので、筍《たけのこ》や椎茸《しいたけ》と一緒に餅米《もちごめ》を蒸したおこわであった。

おなつがちらりと夕女之丞とおすえを一瞥《いちべつ》し、駕籠から細長のちまきをふたつ手に取って「ほら」と手渡す。

「ありがと……っ、あち。あちちっ」

夕女之丞が大きな声をあげ、立ち上がった。

隠れていたのが台無しだ。あっというまに店のみんなの視線が夕女之丞に集まった。

客たちは、首をのばして夕女之丞を見る。

江戸の町人には馴染みのない細長の笹の葉のちまきをふたつ手にした、ほっかぶりをした夕女之丞に「あら、あれは……どこかで見たことが」と、客のひとりが小声でつぶやいた。

顔を隠していたとしても、夕女之丞の姿は目立っている。普通に、ただ、立っていても、手の動き、首の傾げ方、そんなひとつひとつが綺《き》麗《れい》なのだ。

「……やだなあ。どこかで見たことがって言われるのが、いちばん、つれぇ。いっそ誰にも気づかれないか、そうじゃなきゃ、きちんと名前を呼ばれてぇな。あたしは高村夕女之丞。新春公演の朝比奈三郎だ」

注目を集めてしまったせいで、夕女之丞は心を決めたのだろう。あるいはやけになったのかもしれない。

とにかく、そう言って、ほっかぶりの手ぬぐいをさっと外した。

「あら、夕女之丞じゃあないか。新春の、朝比奈三郎よかったよ」

誰かの声が聞こえてきた。

「おぅよ。夕女之丞だ」

夕女之丞はしゃんと胸を張って、声をかけてくれた客を見返した。さっきまでぶるぶると震えていたのに、いまはもう、夕女之丞の手の震えはおさまっている。

しゃがみこんでいた夕女之丞は、尻《しっ》尾《ぽ》を巻いて足のあいだにはさんでいた犬だった。が、「夕女之丞だ」と名乗った途端、急にしゃきんと元気になって——しかも、きゃんきゃんと吠《ほ》えるのではなく、四肢を踏ん張って身構えた。

「あんた、ここにいていいのかい。出るんだろう。この後さ」

別な娘が声をかけ、夕女之丞はちまきを手ぬぐいの上で転がしながら「そうだよ。出るんだ。だからここにいたら、よくないよ。叱られっちまう。でもまだ出番は先だから」と、真顔で応じる。

「あんた、それってどういうことよ。叱られるんなら、とっとと……」

おなつが小言を言いかけたのを、夕女之丞が、目配せで制した。

いままでの夕女之丞なら、へらへらと笑って、おなつに押されて一旦《いったん》黙るか、そうじゃなければやたらに饒舌《じょうぜつ》になって言葉で押し流しおなつを言い負かそうとする。

それが、無言で、おなつを見返して——それだけでおなつは言葉を止めた。

口で語るのではなく、目で語っている。この場を、ひと睨《にら》みで、制圧している。

なにが歌舞伎かをおすえはわかっていないけれど、いま見ているこれは歌舞伎で狂言だと思う。夕女之丞は「見られる側」で、おすえたち客はみんな「見る側」だ。

注目してくれ、こっちを見てくれと、彼の全身がそう言っている。夕女之丞の一挙手一投足にみんなの目が持っていかれる。

「仕方ないのさ。ここのちまきは美味《おい》しいんだ。それに、ちまきは縁起物だろ。験担ぎに、このちまきを食べてから出ようと思ってさ。――皆さん、よーく見てくださいよ、これ。こっちの細長いちまきは、西のちまきだ」

おなつを目力だけで押し止《とど》め、そうして夕女之丞は語りだす。

細長いちまきを店内の客たちに見せるようにして、くるくると回す。ちまきの笹の青さが、目に染み込んでくるみたいに鮮やかに見えた。

さっきまで、ただのちまきだったのに。

もっと素敵な、宝物みたいに見えてきたのは――夕女之丞がちまきを持つ指と、返した手のひらが、柔らかく、白く、美しいせいだ。

「江戸のちまきと違って甘いんだ。役者のなかには西からこっちに下ってきた役者さんもいるだろう？　そういう人らが、うちのお父《と》っつぁんにねだって、作ってくれって頼んできた故郷のちまきっていうやつですよ。うちのお父っつぁんってぇのは、この芝居茶屋の元の店主で料理人だったんで」

夕女之丞は、おすえが聞いたこともない嘘を語りだす。

ここに越す前の『たけの家』を、おすえは知っている。喜三郎はたくさんの美味しい料理を作っていたが、西のちまきを作ったことなんていままで一度としてなかったはずだ。

今回、突然、夕女之丞がおなつにこのちまきを作るように頼み込み、それでおなつは四苦八苦して、人に聞き、なんとか店に出せるところまで仕上げて、出した。

それなのにまったく違うことを、夕女之丞は艶《なま》めかしい顔つきで言うのであった。

夕女之丞は、西のちまきが、ただのちまきではなく——尊い宝珠でもあるかのように、とろりとした笑みを浮かべて、ちまきを見つめる。

「ちょっと食べづらいんだけど、あたしは、こっちのほうが好きで。ところで成田《なりた》山《さん》に蟄居《ちっきょ》を命じられた七代目市川團十郎はいまは大坂《おおさか》にいるんだぜ。江戸を離れて西の地で芝居をやるって寸法だ。成田山にいながら大坂を思って、今年は、七代目團十郎——いやさ五代目海老蔵《えびぞう》とお呼びしたほうがいいか——海老蔵さんはこのちまきを食べてらっしゃるかもしれないねぇ」

江戸所払いになった團十郎の名前を出して、ふと床のあたりに目線を下げて、つぶやいた。

團十郎と懇意だったことなんてなかったはずなのに、さも、旧知の仲でずっと慕っていたかのような言いぐさだった。

それからゆっくりと顔を上げ、今度は斜め上のなにもないところを物憂げに見上げる。すっとのびた首筋と、横顔が凛《りん》としている。たしかに夕女之丞は、白百合《しらゆり》に似ているのだと、あらためて思う。濃い色の花粉をつけた、匂いの強い、茎も太くて、そうそう折れそうもない、儚《はかな》さのない、生々しくて主張の激しい百合の花。

「ああ、あの團十郎がそのちまきを食べてるかもしれないんだねえ」

客のひとりがぽつんと言った。

「たぶん。……いいや、やっぱり、東の人だから、東の、こっちの三角のを食べてるかもしれないや。でも西にいっちまったら、端午の節句で、おこわのちまきを出してくれる店ってそんなになさそうだから……お願いをして食べさせてもらうんだろうかねえ。どうでしょうね。ただ、今日のちまきを両方食べとけば團十郎とお揃いなのは間違いはない」

無茶苦茶なことを堂々と言っている。これはいつもの、演技が過剰で、人を煙に巻く夕女之丞だ。

「姉ちゃん、おいらはこれをもらっていくよ」

小さな声で夕女之丞がそう言った。

――あたし、じゃあなく、おいらって言った。

「いいけど。ツケとくだけで、あとでお金はもらうよ。ただじゃあないからね」

おなつの返事はつれなくて、それを聞いて夕女之丞がふわりと笑った。

「わかってる」

いままで見てきた夕女之丞とは、違う顔だとおすえは思った。

嘘八百を平気な顔で並べたてる美しい顔をおすえはきょとんと見つめている。

いつもなら、適当な頃合いで助けを求めて「おすえちゃん」と、おすえの相づちを求めてくるのに、今日の夕女之丞はそれすらもない。

「そうだ。姉ちゃん、上総屋さんに、昼は無理だけど、夜、芝居が終わったあとでこっちに寄るからって言って、引きとめといておくれよ。絶対に今日の芝居が終わったら挨拶《あいさつ》をするからさ」

「わかったわ」

おなつの返事を聞いた夕女之丞は、

「どうぞ御贔屓《ひいき》に」

と客たちを見回して、微笑んだ。

娘たちは夕女之丞の艶《つや》やかさに見惚《みと》れて頰を赤らめ、彼が去ったあとに「あたしもちまき。東と西を」「こっちは西を。江戸を追われた團十郎が食べてるんだって聞いちゃあ、食べないわけにはいかないよ」と、一斉に、ちまきを求めて集ったのであった。

　夕女之丞が口上を述べていったちまきはあっというまに売り切れた。

　しかも夕女之丞を追いかけるみたいに、みんなはちまきを買って、

「高村夕女之丞のどじょうは浅草寺雷門の段だろう？　ちょっと気になるから見てこようよ」

「あの美貌《びぼう》でなんでまた、道化方のどじょうかって思うけど。女形《おやま》か、そうじゃなくても二枚目の立役の顔してんだろうに」

「だけど夕女之丞は、綺麗《きれい》どころより愛嬌《あいきょう》なんだよ。仕草のひとつひとつが、ちょっとおかしくて、つい笑っちまうんだ。だから道化方が似合ってる」

「どうだかねえ。小細工すぎて嫌みに見えるかもしれないよ」

「けど、どじょうだから、大げさなくらいでちょうどいいかもね」

　誰も彼もが夕女之丞の話をしながら、そわそわ芝居小屋に向かって、去っていった。

「……どうぞご贔屓に、か」

残されたおなつが、呆然《ぼうぜん》として、そうつぶやく。

「ちまきを作ってくれって頼んだだけで、なにをどうするかの相談もなしなんだから、いやになる。あんなふうに手伝ってくれるっていうなら、事前に打ち合わせといてくれてもよかったのに」

「事前に話してなかったんですか？」

おすえが驚いて聞いたら、おなつはむうっと唇を尖《とが》らせた。

「そうよ。話もしないで、ただ、へっついのところでぶるぶる震えていたもんだから、私はなにが起きるんだろうかって気が気じゃあなくってさ」

客はみんな芝居を見に外に出た。

しんと静かになった店のなかで、おなつとおすえの会話だけが鏤《ちりば》められる。

おすえは、空になったちまきの笊《ざる》を見て感心する。

――震えてたのは、ここで芝居をしようって決めてたからだ。

弱った犬みたいにぶるぶる脅え、それでも時間になれば、気持ちを奮い立たせて「やる」と決めた役を演じる。

夕女之丞は、あれを、芝居小屋の板の上で毎日くり返しているのか。

その場にいる人を魅了して、定められた台詞《せりふ》をそらんじて、目線の先に「いま、ここにあるのとは違うなにか」を浮かびあがらせる。

「すごいなあ、夕女之丞さん。すごく、ちゃんと、役者なんですね」

　ぽつんと言うと、

「そうね。あの子、ちゃんと夕女之丞になっちまったね」

　おなつが返す。

「いままでも夕女之丞さんだったじゃないですか」

「そうだけど——違ったんだ。ついさっきそこでぶるぶる震えていたときまでは、あれは私の弟だったよ。でも、ちまきを持った途端に、夕女之丞になったんだ。考えてみれば朝比奈三郎のときから、あの子、ちゃあんと道化方三枚目になろうって覚悟を決めていたのかもね。……誉めてあげなくちゃあならないんだけど、なんだかね」

　おなつの言葉は曖昧《あいまい》だ。

「なんだかね？」

　おすえがおなつを見上げると、おなつは困ったように笑って「なんでもないよ」と切り上げた。

芝居がはねて夜になる。

上総屋吉兵衛がぼんやりとした様子で『たけの家』に戻ってきた。おなつが、夕女之丞に言われた言付けを伝えると「ああ、そうかい」と、吉兵衛は二階に上がっていった。

おすえは、筍《たけのこ》と海老《えび》の天ぷらに、焼き空豆、鰺《あじ》のたたきと、筍とわかめを煮詰めた若竹煮と、菖蒲《しょうぶ》酒の載った盆を吉兵衛のもとに運ぶ。

「こちらは海老と筍の天ぷら蕎麦《そば》でございます」

澄まして言うと、吉兵衛は怪訝《けげん》そうに皿のなかみを覗《のぞ》き込んだ。

「蕎麦はどこにも見えないよ」

「天ぷらの粉に蕎麦粉を使っているので、食べると、蕎麦の香りと味がするんです。食べてくだされば、わかります」

このために昨日もおすえは蕎麦職人のところに蕎麦粉をおつかいにいったのだ。

五月といえば食べたいものは初鰹《はつがつお》。江戸っこは初物に目がないのである。が、老《ろう》中《じゅう》水野《みずの》忠邦《ただくに》が行った天保の改革は、ことこまかに町人たちの贅沢《ぜいたく》を禁止するもので「初鰹」もそのやり玉にあがっていた。どういうわけか鰹だけではなく、野菜もすべて「初物」を禁止というお触れが出たのは去年の四月の話だ。

とはいえ禁止されても市場に出るものは出るし、どれだけ高値になっても買いたい人は買う。

しかし、みんながこの時季に食べたがる初鰹を隠れて競り落とせる財力もツテもいまの『たけの家』には、ない。

必然として、旬の美味《おい》しいものを、よそとは違う食べ方で、お出ししなくてはならなくて、かつての『たけの家』で喜三郎が創意工夫して出していたもののなかで「これを出そう」とおなつが決めた献立だ。

——吉兵衛さんのことはだいじにしないとっておなつさんがおっしゃって。

おなつが作った「天ぷら蕎麦」をおすえも味見させてもらったが、これがめっぽう美味しいのである。先代の喜三郎の天ぷらも美味しかったが、おなつの作るものも遜色《そんしょく》ない。

油を吸った蕎麦粉の衣は、普通に食べる蕎麦より香りと旨味が増している。かりっ、さくっと、歯ごたえのある衣と、囓《かじ》ると広がる味わいも、おもしろい。

「これは……旨いね」

ひとくち囓った吉兵衛が目を丸くした。

「はい。ありがとうございます。それからこちら――菖蒲の葉の根元を薄く切って、徳利《とっくり》の日本酒に散らして入れた縁起物の菖蒲酒でございます。時間を長くおきますと灰汁《あく》が出てきますので、ぐいっと、一気に飲んでください。すぐ次に新しいお酒をお持ちいたします」

おなつに教わって覚えた口上を言いよどむことなく一気に言えてほっとする。

吉兵衛は菖蒲酒も口に含み、頬を弛《ゆる》めた。

「食べたことがないものばかり出てくるねえ」

「はい」

「しかも、美味しい。この次の酒は、冷やでいいよ」

「はい。ありがとうございます。ご飯は筍ご飯を用意しています。すぐにお持ちすることもできますが……」

「飯はあとでいいよ。まず酒で喉《のど》を潤すことにする」

「はい。どうぞ、ごゆっくり」

もう少しここにいて相手をしたほうがいいのかしらと思ったが、芝居を終えた夕女之丞が化粧を落として着替えて来るはずだった。

芝居の感想は一対一で言いたいものかもしれないし、と、お辞儀をし、部屋の障子を閉めて出る。

階段を降りていくと、ちょうど夕女之丞が顔を出し、上がってくるところであった。すれ違うだけの巾《はば》もないから、夕女之丞は階段下でおすえが降りるのを待っている。

おすえはぺこりと頭を下げ、夕女之丞は顔を手ぬぐいで隠し、男姿でそろりそろりと上がっていった。

一階に戻ると、おなつがてきぱきと働いている。小上がりの客の対応をしていて、夕女之丞が来たことに気づいていないようである。

小上がりと床几《しょうぎ》はまばらだが、店先に若い娘が何人か立って、溜《た》まっている。次々に頼む声を聞くと「西のちまきと東のちまき」の声だ。

初日はだいたい客の入りがいいものだけれど、今回はいつもよりずっと人が多い。猿若町に店を出して、はじめてくらいの人の入りで、表口から外にずらっと列が並んでいる。

「いま、ちまきができました。お待たせして申し訳ありません」

おなつが言って、竈《かまど》に戻る。

ちまきが蒸し上がり、おなつは、蒸気があがったちまきを手早く娘さんたちに売りさばきだした。

ちらりと店のなかを見回すと、座る客たちの前の膳《ぜん》に酒も料理も並んでいる。

——だったらあたしは夕女之丞さんにお酒を持っていくのが、いいかもしれない。

菖蒲酒の後すぐにあらたに酒の徳利を運ぶ手配はできていた。忙しくしているおなつの手をわずらわさなくても、酒の徳利を運ぶのならば、ひとりで、できる。

おすえは、さっと徳利に酒を注いで、お猪口を用意して盆に載せ、いま降りた階段をとって返してのぼっていった。

足音をしのばせたことに意味はない。

強いていうなら、おなつに気づかれて「私が持っていくよ」と言われたくなかっただけだ。頼まれないのに気を利かせてやり遂げて「あら、おすえちゃんありがとう。助かったよ」と誉められたかった。

階段を上がり、障子戸の手前の床に盆を置いて、座る。ここで「失礼します。お酒をお持ちしました」と言って、なかからの応答を待って戸を開ければいい。

はずなのに——。

部屋の内側の明かりが零《こぼ》れ、障子に映る影を見て、おすえは息を潜めて動きを止めた。

向こうから聞こえてくるのは衣擦れの音だ。

窓は開けたままなのだろう。吹き込む風に部屋の蠟燭《ろうそく》の炎が揺らめいて、それにあわせて障子の紙の上に写し出された夕女之丞の影もゆらゆらと横に揺れ動く。夕女之丞が、部屋に立ち、しゅるしゅると音をさせて帯を解いている姿が影絵になっている。

――うちの茶屋は、お茶子は客の相手をしない料理一本の堅気の店だけど、違うお店もあるって聞いている。

吉原遊郭が側にあり、芝居者が集う猿若町。芝居茶屋はご飯を食べるだけの場ではなく、店によっては、身体のやりとりをする場でもあるのだ。

茶屋遊びをする贔屓《ひいき》の太客に身体を売る役者も多い。

おすえは、まだ十一歳でしかないけれど、この仕事をしている以上、知ってしまう事情というのがあった。薄ぼんやりとしか知らないまでも、おとなたちが身体を使ってするやり取りの、ある種の匂いのようなものに勘づいている。

――先代のだんな様が、あたしについてこられないようにって逃げて隠れるときは、こういう「あやしい」匂いがしたんだ。

みんなが子どもの自分に見せたがらないからこそ、透かし見てしまう薄い闇。知らないふりができないのは、自分の器量がよかったら「そこ」にいくことになったと聞いてきたから。

障子に影絵で映されているのは、すぐ隣にある暗がりで――おとなたちの秘め事だ。

けれど固唾《かたず》を呑《の》んで固まったおすえの耳に届いたのは、吉兵衛の切羽詰まった声であった。

「……夕女之丞さん、あんたその怪我はどうしたんだい」

――怪我？　夕女之丞さん、怪我をしているの？

「吉兵衛さん、よくぞ聞いてくださいました。これはね、奈落《ならく》で縛られた跡ですよ。朝比奈三郎っていう、いい役をもらったからって、一緒に喜んでくれる連中ばかりじゃあないってことです。吉兵衛さんもわかっていらっしゃるでしょう？　嫉妬《しっと》をされるし、あつらえてもらった衣装を捨てられたり、大部屋の楽屋でものを盗まれたり、あるいはあたしが盗んだと言い立てて、やってもいない罪をあたしにきせて、身体を縛って、引きずっていったりもするんですよ」

淡々としていながら、それでも底のほうに切なさを秘めた言い方で夕女之丞が訴える。役者の声だなとおすえは思う。普通に暮らしている人と、そうじゃない人の声は、少しだけ色が違う。

ちまきを売っているときもそうだった。夕女之丞の声は、朗朗として、よく通る。

「その痕《あと》は……じゃあ、誰かに縛られて、叩《たた》かれたっていうのかい？　みみず腫《ば》れになっているじゃあないか。誰がそんなことをしたんだい。かわいそうに……」

「誰って……みんなして、よってたかってですよ。でもあたしも精一杯がんばって顔はかばったんだ。手足の、見えるところにも、痕をつけられてたまるもんかって、だんご虫みたいに丸まってさ……ころんころんって奈落の床を転がった。それはちょっとしたいい見せ物だったかもしれませんけど」

くつくつと笑いながら、続ける。

「連中はね、あたしの手足を開こうとしたけど、あたしは最後まで背中だけしか打たせなかった」

低い声が床を這《は》って響く。

おすえの目の前で、障子に映っていた男ふたりの影が近づいて、重なった。

はっと身じろいだおすえだったが、吉兵衛は夕女之丞が脱いだ着物を拾い上げ、その肩に羽織らせたようである。

秘め事の気配は遠のいて、おすえは「ふぅ」と息を吐く。

障子戸一枚を隔てた向こうで、再びしゅるしゅると衣擦れの音がして影が動き、夕女之丞が身仕舞いを整えた。

声をかけて、酒を持っていけばいいだけなのに、おすえは声をあげることができずにいる。

気詰まりだからというだけじゃなく——この先を、聞きたいからだ。

それで——どうして——その後に、なにがどうなるの？

「吉兵衛さんもご存じでしょう？　一階は戯作者やら小道具の裏方に、その他大勢の馬の足の役者の大部屋。中二階は女形《おやま》がたむろう中通りだ。女形はそこから上には上がれないんだ。さらに上の三階は立役、男役で、やっとそこそこ食えるようになる。だけど芝居をやっている者しか知らない奈落があるんだ」

夕女之丞が静かに続けた。

その言い方が耳に刺さった。ここにきて、役者の声ではなく、真実の、気持ちのこもった言葉だと感じたから。

でも、本当にそうかは、おすえには、わからない。勝手に感じているだけである。

「一階のその下があるんですよ。すっぽんの、花道を、下から跳び上がって役者が出て来る仕掛けがあるでしょう？　あの仕掛けを作って、縄を引っ張って、滑車をまわす力仕事は花道の、床の下の奈落仕事です。あたしはね、そもそもが歌舞伎役者の家に生まれた子じゃあないからさ、養子にしてもらったはいいけれど、その縁の下——奈落の底《そこ》から役者の仕事をはじめたんですよ」

縁の下で、褌《ふんどし》一丁で走りまわって。

その次にやっと一階の大部屋に上がったはいいが、幕の開閉をする役で。

さらにその次でなんとか馬の後ろ足。

「女形をはじめたのは、女形をやる役者の数が少なかったからですよ。女形は、年端がいかない者のほうが役につきやすい。男の身体ができあがってからだと、うまくはまらないことが多いですから。そもそもが、あたしは見た目が綺麗《きれい》だから女形はちょうどいいって思ってた。けどね、女形である限り、中二階から上の階段に上がれない。それじゃあつまらないなって思っちゃあ、だめですかね」

と、そこで夕女之丞が畳に膝《ひざ》をついた。

障子の紙越しの影絵である。

影しか見えていないのに、影だけで充分だった。軸がぶれない見事さで、夕女之丞は、すっと綺麗に腰を下ろした。

影絵ならではの鮮やかな、見惚《みと》れるような光景であった。

「夢を見させてくださいよ。ねぇ、だんな。あたしは、あたしの芝居で、人を笑わせたいんですよ。世の中ってのに、きちきちと締めつけられて苦しくなってる人が、あたしの演じる芝居を見て、笑ったり、ほっとしたりしてくれるようなそんな道化方が性にあっている。道化方も極めていけば、三枚目の看板を小屋に掲げてもらえるんだ。——女形じゃあない、どじょうをやるようなあたしのこともかわいがってやってもらえませんか。夕女之丞、一生のお願いでございます」

きりっとした物言いだったのに、ひそめた声にはおすえの耳にまとわりつく妙なまめかしさが隠れていた。障子に映る影だからこそ、夕女之丞の伏し目がちな表情の色っぽさや、しどけない様子がおすえの脳裏にふわりと浮かぶ。

——この夕女之丞さんは、あたしには、まだ早い。

咄嗟《とっさ》にそう思ったのだけれど「早い」とわかってしまうということは「ちょうどいい」ということでもあった。おすえは、耳年増で、早熟で、先代のだんなさんやら長屋のおかみさんたちに、あれこれと鍛えられてもいるのであった。

ずっと童《わらべ》でいたかったのに。

自分はそろそろおとなになった。いやだいやだと思いながら、他人の心の機微も少しは悟れるようになっている。

わかってしまう自分はもう童ではないのだと――なんならもうずっと童ではなかったのかもしれないと――おすえは苦い心地で自分自身を噛《か》みしめた。

「夕女さん」

じりっと吉兵衛が詰め寄って、それを夕女之丞がさっとかわす。

「だめですよ。だんなさん。ここは、あたしの実家みたいなもんなんだ。実家でそういうことをするのはさあ、所帯じみててつまらない。それに、ここに吉さんを連れてきたのは、あたしの真心ってもんですよ。他のご贔屓《ひいき》筋は誰もここに連れてきたこと、ないんですよ。ですから、ね」

幼子を宥《なだ》めすかすようなその言い方が、ねっとりと鼻につく。

「たけの家ではさ、そういうのは、ね」

と夕女之丞が穏和に告げ、するすると畳を滑ってこちらに寄ってくる。

影が大きく濃くなって、近づいてきて「あ」と声を上げる間もなく障子戸が開いた。

「ほうら、やっぱり、子どもに見られてるじゃあないですか。もう。吉兵衛さん、おいたをしなくてよござんしたね」

戸を開けて、夕女之丞がにっと微笑んでいる。姿勢を低くして、おすえを覗《のぞ》き込む夕女之丞の顔をおすえは真っ向から見つめられない。恥ずかしくて、ぽっと頬が熱くなる。見てはならないものを、盗み見してしまった。その現場を、見咎《みとが》められた。

「ご、ごめんなさい……」

「いいんだよ。おすえちゃんが来るのはわかっていたんだから。酒の徳利《とっくり》を持ってきてくれたのかい？」

「……はい」

戸を開けたまま、夕女之丞は、おすえから酒の徳利を受け取って、吉兵衛のもとに運んでいった。

杯に酒を注ぎ、

「吉兵衛さん、あたしはこの後帰るけど、吉兵衛さんはどうするつもり？　泊まっていくならそうやって伝えるけれど」

夕女之丞が吉兵衛に問うた。

「そうだね。ここの若女将《おかみ》に相手をしてもらって、のんびり酒を飲むとするか」

「……っ。たけの家は、色は売らない店ですよ」

顔色を変えた夕女之丞に、吉兵衛がひらひらと片手を振った。

「わかってる。それにあたしは、女は、だめだ。知ってるだろう？　ただ、ここの若女将と、あんたの昔話がしたいのさ。あたしの知らない昔のあんたの話を聞く特権を、あんたはあたしにくれたんだろう？　……しようがない。あんたの贔屓はまだやめないし、この店にも通うよ」

「ありがとうございます」

夕女之丞が畳に手をついて、頭を下げる。

「夕女さんは、顔と愛嬌《あいきょう》だけだと思ってたけど、存外、色悪なんかもはまるのかもしれないね。この後が楽しみだ」

吉兵衛はなんともとらえどころのない含みのある目つきで「いま、はじめて夕女之丞を知った」みたいな顔で、そうつぶやいた。

「精進させていただきます。吉兵衛さんはどうぞごゆっくり」

そのまま夕女之丞は美しい所作で部屋を出て障子を閉めた。おすえににっと笑いかけ「さ、下にいくよ」と小声で追い立てるので、慌てて階段を下がる。

夕女之丞を後ろに、一階に戻ると、店先の床几《しょうぎ》の客に徳利を運んだおなつとちょうど目があった。

目を丸くしたおなつだったが、顔を隠してうつむく男着物の夕女之丞に「お忍びか」と察したらしい。

「清一、あんたいつ来たの？」

板場に立ったところで、寄ってきた夕女之丞に小声で聞いた。

「姉ちゃんが外のお客さんたちに、ちまきを配っていたときさ。盛況だったのは、あたしのおかげだったろう？　ちまきを売りなよって言ったあたしを誉めてくれていいんだよ？」

と夕女之丞が胸を張る。

――夕女之丞って呼べって言わないってことは、いまは役者じゃなくて素の夕女さんってことなのかしら。

「そうね。あんたのおかげだったよ。ありがとう」

おなつがまっすぐに感謝して、夕女之丞は感謝されるとたじろぐのである。

「え……いや。まあ」

あさっての方角を見て口ごもっている。

「上総屋さんはお料理を気に入ってくれてたかい？」

「美味《おい》しいってさ」

「美味しいって、具体的にはどんなふうに」

詰め寄るおなつに、

「……ごめん。詳しいことは聞いてない。挨拶《あいさつ》してきただけだから。でも、またここを使うって言ってくれたよ。あと、今晩、ここに泊まっていって、姉ちゃんとじっくり話がしたいんだってさ。酒はたらふく飲めるほうで、悪い酔い方しない人だから、相手を頼むよ。あたしは別な筋に挨拶にいってくるけど」

ばつが悪そうにしておなつの目を見ずに語るので、おなつは夕女之丞の目をとらえるように、顔の真下に潜り込んで見上げ、念を押す。

「それで話はついているのね？」

夕女之丞が「うん」と、うなずいた。

「そう。夕女之丞の大事な贔屓を預けてくれて、ありがとう。心得ました」

おなつが噛みしめるようにそう言って、夕女之丞は目を丸くしてから嬉《うれ》しそうに笑って「頼む」と頭を下げ、それから逃げるような足どりで店を出ていったのであった。

本当はそのままおすえも店で夜明かしがしたかった。

が、おなつは吉兵衛以外の客が帰っていったのを見届けて、おすえに長屋に戻って寝るようにと命じたのであった。なんのかんのと理由をつけて訴えてみたが「ここじゃあ寝られないでしょう。おすえちゃんは、最近、寝付きが悪いの知ってるのよ。それに、おきくとおっ母《か》さんの様子も見てきてもらいたいし」と言われて、仕方なく戻ることにする。

戌《いぬ》五つを過ぎ、子どもの寝る時間は過ぎている。

昼は晴れていたというのに、夜になって雲がかかった。月はなく、星も遠くにまばらに小さなものが、ひとつ、ふたつ見えるだけ。その星明かりすらも、ぬるい風に追われた厚い雲がときおり遮る。

おすえは、店の名のついた提灯《ちょうちん》を手にし、猫背になってせかせかと歩く。

——ひとりきりで夜道を歩いていると、出るらしいぜ。

思いだしたくもないのに、こういうときに出てくるのは、又吉に言われた幽霊話だ。

人のいる表通りを歩いているときは、よかった。もうじき町木戸は閉まるけれど、それでもふらふらと猿若町の芝居の熱に浮かれた客たちが、酒を飲んで、顔を赤くしてそぞろ歩いている。

が、裏通りに入ると、さすがに人がいなくなる。

おすえたちが暮らしている長屋は賑《にぎ》やかな場所からずっと遠い猿若町のはしっこで、饐《す》えた臭いのするどぶ板長屋だ。『たけの家』の場所と広さにこだわったぶん、暮らす長屋はつましいものになったのだ。

九尺二間の長屋の部屋に、おすえも含めて女四人で暮らしている。

「……こういうときに限って、裏通りに人がいないんだ。いつもはもっとたくさん歩いてんのに」

――ひたひたと足音をさせて忍び寄ってくるって言ってたっけ。

ぬるっとした風がおすえの背中や腕を撫《な》でていく。手に持つ提灯が丸い光を足もとに落とす。嫌だけれど、ちらっと後ろを見る。誰もいない。幽霊もいない。ほっと安堵《あんど》の吐息を漏らし、前を向く。

ぽつん。

おすえの腕に雨粒が当たる。ふと見下ろすと地面に黒く丸い粒の模様が散らばっていく。

雨だ。

ぱたぱたと雨脚が速くなり、おすえは駆け足になる。

ひときわ大きな風が吹きつけ、提灯のなかの蠟燭《ろうそく》の炎がかき消えた。

「ひゃあ」

声を出して頭の上に手を掲げて走るおすえの耳に、雨音が大きく響く。

雨音はおすえを追いかけてくる。それともあれは誰かが近づいてくる足音か。ぱたぱたぱたぱた。背後の音が大きくなった。

――でもさっき見たときは誰もいなかった。

いなかったんだ。

だというのに――真っ暗になった道ばたで、おすえの肩を冷たい手がとんっと叩《たた》いた。

「ぎゃあああああっ」

おすえは大声を上げ、提灯を取り落として、前のめりに倒れる。提灯がころりと転がって、両手が地面をばたりと叩く。

後ろを見ればいいのだろうが、見て、幽霊だったらと思うと身体が固まって動けない。

「うわっ。どうしたんだい。大丈夫かい、おすえちゃん」

けれど上から降ってきたのは幽霊の「うらめしや」ではなく、優しい、馴染《なじ》みの声だ。

「雨が降ってきたから。ほら、傘」

おすえが、怖々、首を捻《ひね》って振り返ると——。

「夕女之丞……さん？」

夕女之丞が黒い唐傘を差しかけて、おすえに笑いかけていた。

「悪かったね。無駄に怖がらせちまった。後ろから声をかけたのがよくなかったね。闇夜に黒い唐傘じゃあ、何者かもわかんなかっただろうし、火も消えた。ごめん、ごめん。ほら、立って」

夕女之丞がおすえの手を引き上げて、泥についた手のひらを手ぬぐいでぐいっと拭《ふ》いた。足や着物についた泥もささっと払ってから、その同じ手ぬぐいで、おすえの顔を拭きかけて「これで拭いたら汚れっちまう。こりゃあ、だめだ」と、空中で手を止める。

闇に慣れた目にぼんやりと浮かぶ白い手ぬぐいと、夕女之丞の途方にくれた表情と、軽い声のすべてが重ねあわさると、芝居のなかの剽《ひょう》げた一幕みたいになっていた。おかげで、おすえの涙が引っ込んだ。

何度も「ごめん」と恐縮するから、おすえも「いいえ」とその度に返す。

「夕女之丞さんはなんにも悪くないんです。ただ、いまが夜で、そのうえ雨まで降ってきて……それで怖くなっちゃって。猿若町は幽霊が出るって聞いたから。ひとりで歩いていると後から追いかけてきて、肩を叩くって」

つい、ぽろっと、又吉の幽霊話を口にした。

「……そんな話、聞かないけどねえ。幽霊話はたんとあるけど、ここは、もともとが京都のお武家の小出《こいで》さまの下屋敷だ。芝居者が集められて猿若町になったのは去年のことだぜ？　お化けが出るならきっとお侍で、こんな色男じゃあないだろうさ」

「そうなんですか？」

驚いて聞き返すと「あたしが色男ではないとでも？」と斜めにずれた返事をされた。

「いや、夕女之丞さんはそりゃあ素敵な色男ですけれど」

肩から力がとんっと抜けた。

夕女之丞はおすえを引き寄せて、ひとつの傘で、並んで歩く。おすえが帰る長屋の場所は、夕女之丞も知っている。

「幽霊か。まさかそんなことを怖がってるとは思わなかったよ。ちょうど雨も降ってきたし、うちまで送っていこう」

「ありがとうございます」

しゅっと肩を細くして、おすえは頭を小さく下げた。たとえ火傷《やけど》の幽霊が出なくても、暗い夜道をひとりで帰るのは、もう嫌になっていた。心細いし、やっぱり怖い。

「今夜、姉さんは『たけの家』に吉兵衛さんの相手で泊まるだろうし、姉さんの性格だったら、おすえちゃんだけ先に帰すんじゃあないかって思ったんだ。あたしの読みが、あたってたよね。あたしが、来てよかっただろう、おすえちゃん」

「はい」

幽霊について細かく聞かれたらどうしようと思って、うつむいた。うっかり口にしてしまったけれど、夕女之丞もまた「火傷の幽霊」の話は聞きたくないだろう。どんな噂話かと、詳細を知りたがられたらどうしよう。胃のあたりがちくちくと痛くなる。

「しかし、おすえちゃんにも怖いもんがあったんだねえ」

「どういう意味ですか、それ」

「しっかりしてて、物怖じしなくて、なんでもできるのに、それでも暗いところは怖がるんだなあって、かわいいと思っただけさ。だけど、暗がりは、たしかに、怖いもんなあ。話してたら、あたしも怖くなってきた。手をつないどこうか。はぐれないように」

ふたりでひとつの傘を使っているのに、はぐれるはずもないのだが、そうやってわかりやすくぶるっと震えてから柔らかく微笑まれると、差しだされた手に、手を預けるしかなくなる。

つながれた手の大きさに、ふいにこみ上げてくるものがあった。

——だんなさまの、手だ。

喜三郎と夕女之丞は、ちょっとした仕草や、笑い方が似ていると思った。でも、それだけではなかった。手の大きさや、引っ張り具合もそっくりだった。

気遣って、おすえの手のひらを握る大きな手。それは、おすえにとって、たまにしか得られない幸せな感触だった。おなつが帯をしめてくれるときと同じ——おみつが「だんなさんを見張ってよ」と笑って飴玉《あめだま》を口に放り込み、そのあとで頬をつつくときと同じ——家族のようで、家族でもないような——ただひたすらに愛《いと》おしく、大好きな人たちが自分にしてくれる触れ方だった。

ふいうちすぎて、突然、涙が溢《あふ》れだす。

幽霊じゃないのに、幽霊に会ってしまった。暗がりのなかで、亡くなった喜三郎に手をつかまれて、引っ張られているような心地になった。

「……はぐれませんよ」

と応じたら夕女之丞は思わずというように「なんだかその言い方、おっ母《か》さんに似ているね」と小さく告げた。

どことして似ていないし、似るはずもないのに。

でも「似ている」と言われ、おすえは溢れる涙を拭《ぬぐ》うこともできず、鼻を啜《すす》った。

「夕女之丞さんこそ、先代のだんなさまに似てますよ。そっくりです」

ぐずぐずと言うと夕女之丞が「たまに言われる。あたしのほうがいい男なんだけどねえ」と笑っていなす。そのいなしっぷりも、そっくりだったから、溢れた涙が止まらない。

そうして――。

泣きだしたおすえに慌てた夕女之丞に、おすえは結局、又吉の幽霊話を伝えてしまったのである。夕女之丞は、よく話す。その饒舌《じょうぜつ》につられ、相づちをうっているうちに、つられて相手も話し出す。話し上手で、聞き上手。

話してしまえば、ずいぶんと他愛のない噂である。夜道で幽霊に追いかけられる。

相手は火傷。雨の日の昼にも出る。大川の柳の下にもいる。

「火傷の幽霊が、お父《と》っつぁんかもしれないって怖かったんだね。だけど、うちのお父っつぁんなら化けて出てきたりしないって。うらめしいことなんて、なにひとつないひとだよ、あのひとは」

夕女之丞にしんみりとそうまとめられるけど、違うのである。

「怖くないんです……。うらめしやって出てこないこともわかってます。それでも、ただ、申し訳ないなって思ってる」

「申し訳ない？」

「痛かったかな、つらかったかなって」

夕女之丞がふっと息を吐きだした。

「痛かったろうし、つらかったろうけど——お父っつぁんなら、それでもみんながいまをがんばって生きてくれてるなら、それがなによりって言うだろうよ。うちのお父っつぁんは、やせ我慢の達人だから、女にはいい格好したがるんだ」

「……そうですよね。そうなんだなって、さっき思いました。夕女さんが、だんなさまと同じふうにあたしの手を引っ張ってくれたから。……会えるならどんな姿であっても嬉《うれ》しいや」

──だんなさまに似てる夕女之丞さんに、手をつないでもらってるだけでこんなふうに胸の奥がぶわっとなるんだもん。これが本物のだんなさまの幽霊だったらきっともっと嬉しい。

「おいらもさ──幽霊であっても会えるもんなら、会いたいし、おっ母さんに、会わせてあげたいよ。きっと、おっ母さんは、お父っつぁんに文句を言わないと、自分で起きてこられやしないのさ。叱りたいことばっかり胸につまって、それで寝付いちまったに違いない」

夕女之丞が笑って応じる。笑っているけど、声は湿っている。

会いたくないお化けばかりじゃあなくて、会いたいと願うお化けもいるのだ。

聞いていると、おすえの喉《のど》がひくっと震えて、またもや涙がせり上がってきた。

「ほら、鼻かんで。ここんとこ──ここんとこだけはまだ綺麗《きれい》だから、ここで、かんで」

夕女之丞が手ぬぐいの綺麗そうなところを探して、差しだした。

その仕草がやっぱり剽軽《ひょうきん》で、おすえは、泣きながら笑って、汚れた手ぬぐいのかろうじて綺麗なところで、ちんっと鼻をかんだ。

長屋のまわりでつんと鼻につくのは腐った水の臭いであった。見栄《みえ》を張った者が集って賑《にぎ》やかな猿若町だが、裏にまわれば、時代に追い立てられて、絞り取られた芝居者たちのつましい暮らしが透けて見える。

表は質素で裏を豪華にできるのは、富める者ゆえの遊びである。長屋暮らしの連中は、表も裏も質実剛健だ。

それでもおすえたちが暮らしている部屋は、おなつが丁寧に手入れをしていてこざっぱりとして過ごしやすい。引き戸も引っかかることなく、するりと滑る。

「ただいま帰って参りました」

戸を開けると、奥の間に座っていたおきくがふわりと顔をあげた。おきくの前にのべた床で、おみつが、夜着をかぶって横になっている。闇に慣れた目に、おきくの顔や手がぼうっと白い。

「おかえりなさい。おすえちゃん。もうひとりは――姉ちゃんじゃあないね。その足音は夕女之丞に似てるけど……」

すっと顎《あご》を上げてこちらを窺《うかが》うおきくのまぶたは閉じている。おきくは、幼い時分に病を得て、視力を失ったのだ。

夕女之丞は戸を閉めることもせず、おすえの先に歩いていく。いつもの夕女之丞は舞踊の習いのせいか、するすると滑るように動くのに、今夜はなぜかどすどすと大股《おおまた》で、力強く歩いている。

夕女之丞は、

「おきく、清一みたいな若造と一緒にするなよ。俺だ。後ろを歩くぜ」

と言って、おきくの肩をとんと叩《たた》いて背後をまわり、寝込むおみつの前に音を立てて座った。

きびきびとした動きと一連の物音は、おすえには懐かしく馴染《なじ》みのあるものであった。

歩幅は大きいのに、なぜか斜に構えてゆらゆらと歩く。

いつもまっすぐに立てなくて、ちょっとだけ軸が斜めにずれて見える。

少し笑いをまぶしたような、ゆったりとした物言いと、かすれているのに強い声。

腹の底から響かせてくるような、濃い声は――。

「お父っつぁんの声だ」

おきくが言った。

言われて、わかる。

——この声は、だんなさまだ。

夕女之丞ではなく、闇のなかでゆらりと歩き、座った男は——喜三郎に見えたのだ。

語る声も喜三郎の声と、聞こえたのだ。

わざと足音をさせるのは、目の見えないおきくに自分がどこにいるかを伝えるためだ。おきくの名前を呼ぶときは、まず最初に肩を軽く触る。そして自分がどこに進んで、どこに立つか座るかを伝えて動く。

そういうすべてが喜三郎だった。

おすえのうなじがぞわりと粟立《あわだ》つ。

喜三郎の幽霊なら会いたいと思ったし、言った。が、それが実際に出てくるとなるとまた話は別だ。だって、さっきまで自分と手をつないで歩いていたのは夕女之丞だったたではないか。

——恨まれてないことは、わかってる。だんなさまはそういうお人じゃあなかったし。

でも。

「……おまえさん？」

おみつがかいまきを押しのけ、起き上がろうと身じろいだ。

「ああ。俺だよ。……無理して起きるこたねぇよ。だけど、手くらいは握らせてもらおうか。ひさしぶりだもんなあ。俺が死んでからもう一年たったか。そういやあ、俺の葬儀はなかなかよかった。おなつがきっちり、通夜も、四十九日も、采配《さいはい》してやってくれて、俺もあの世で鼻が高いよ」

他人事《ひとごと》みたいな飄々《ひょうひょう》とした言い方で、己の通夜を語りながら、おみつの手を握る。

ぼんやりとした影にしか見えないふたりに、おすえは、慌てて、油を入れた皿を探す。ちゃんとした明かりの下で、相手の顔を見分けたい。

火皿の、浸した芯《しん》に火を灯そうと、わたわたとあたりを探していると、動きで察したのか夕女之丞がぴしりとおすえに告げる。

「明かりは、つけんな」

「……な、なんでですか」

小声で聞いた。

「怖がらせたくねぇからな。……って、お化けなんだから会えば怖いか？　んなこたぁねぇだろう。たとえお化けでも、俺に会えたら嬉しいって言ってくれんだろう？　なぁ、おすえちゃん。なぁ、おきく？」

夕女之丞なのか——喜三郎なのか——とにかく彼はそう言って、ひとつだけ息を吸う。

そして最後に、そっと、優しくささやいた。

「……おみつ」

だいじなものを包み込むような声だった。

「寝込むなんて、おまえって女は俺がいないとやる気が出ないってのは、よっぽど俺に惚《ほ》れてるんだなあ。亭主冥利《みょうり》に尽きる」

「なに……言って……」

おみつの声が湿っている。

「なにって、化けて出てまで言いたいことを、言ってるんだよ。なあ、おみつ。おまえを三途《さんず》の川で背負って向こう岸に渡ってやるから、それまで達者で暮らしとくれよ。他の誰より、俺は、おまえのことだけが気がかりなんだ」

訥々《とつとつ》と、幽霊がそう言った。

幽霊なのに、どうしてかぬくもりを感じさせる声と、言い方だった。

けれど——。

「無理して笑って暮らせとか、そういうことは頼まねぇよ。おなつも清一もおきくのことも、子どもらはそれぞれ好きに暮らしてけるから、おめぇに頼む必要もねぇ。ただ、泣いて暮らしてるおまえひとり残すのは不憫《ふびん》だよ。なんならいっそ、祟《たた》って、殺すかい？　おまえがそれを望むんなら、俺はおまえを殺してやるよ。祟り殺したら、俺がいくのは地獄で、おまえは極楽で、黄泉路《よみじ》の先は別々でも、川を渡りきるまで一緒にいられる」

続けられた言葉には、この世のものとはまた違うねじれた想いが込められていた。さっきまであたたかいと感じていた声が、不気味で怖いものに変わっていった。聞いているおすえの着物の背中は、氷柱《つらら》がつっと差し込まれたみたいに冷たくなった。

「お……お父《と》っつぁん。やめてよ」

おきくがぎょっとしたように声をあげ、おみつもまた「……いやなこった」と、握られた手をぱしっとはね返す。

火事以来、ずっとふぬけていたおみつの声に、芯が通っている。

「他の誰の目がごまかされようと、私はあんたを見間違えたりしないんだよ。うっかり一瞬、信じかけちまったじゃあないか。気味が悪い。清一――いや、夕女之丞。嘘をつくにしてももっとましな嘘をおつきよ。実の息子にそういうことをされて喜ぶ母がいるもんかっ」

「威勢がいいね。それでこそ」

はねのけられた手をひらひらさせて幽霊だった男が笑っている。

「おすえ、ちょっと手ぇ貸してくれ。私を起こすの手伝っとくれ。ずっと寝てばかりいたもんだから、起き上がるだけの力もありゃあしない。もう」

「はいっ」

名前を呼ばれれば「はい」と応じ、命じられたことをすぐに行うのはお茶子の習いだ。

急いで近づき、身体を支えて半身を起こす。おすえが手伝うのを近くで見て、幽霊もまたおすえ同様に、おみつが起きられるように支えている。一度、はねのけられた手をいま一度握りしめ、背中に手をあて、ぐっと引き上げる。

「なんで亭主に祟られて死ななきゃなんないの。もしこれが本当だったら、うちの亭主は、お化けになっても大馬鹿だ。まったくさ、お父っつぁんは、いつも私が望んでることをひとつっとして叶《かな》えてくれたことがないんだ。いいかい。化けて出るなら、もっとパリッとした格好で出ておいで。私のためにって言いながら、私のためになること、一回として叶えてくれやしないで——おまえもだよ、夕女之丞っ」

半身を起こしたおみつが、幽霊の耳をつまんでひっぱった。

「おやおや。これが人なら痛がるところだ。こっちは幽霊だから痛くないけど。清一の耳がちぎれる。やめといてあげなよ」

幽霊がのほほんと返すと、

「まだ言うかっ」

ぎゅうぎゅうとすごい勢いで耳を引っ張り、ねじりあげながら、おみつが目をつり上げる。

「言うさ。だって、俺は、俺だもの。化けて出たら、おまえたちを怖がらせる見た目になっちまったから、清一の身体にとりついて、俺の言いたいことを言わせたんだ。だけど……そうか……ちゃんと、この身体が俺じゃあないって見分けがつくの、やっぱりおみつは、おみつだねえ」

くすくすという笑い方も、夕女之丞ではなく、喜三郎の声だった。

「私は、私だよ。当たり前のことを」

さらにぎゅうっとねじり上げたところで「……っ、痛い」と情けない声が返ってきた。

――こっちの声は夕女之丞さんだ。

がらりと質が変わった声を聞き、おすえは目をまん丸にする。

「いててててて。なんでおっ母《か》さん、あたしの耳をちぎろうとしてるんだい。おすえちゃん、これってどういうことなんだい。あたしはいったい」

夕女之丞は、耳を引っ張る相手の手首をつかんで、抱きつくようにしてから「あ、おっ母さん、起きてんじゃないか」と驚いたようにして言った。

「起きてるよ。夜中だってのに起きちまったよ」

「起きられるようになったのかい。よかったよ。よかったよ。なんでもいいよ」

毒気のない声で言われて、そのまま夕女之丞が泣きだした。

おみつの手が夕女之丞の耳からぱっと離れる。ぎょっとしたような大声で、おみつが言う。

「おすえ、明かりをつけとくれ。夕女之丞の顔が見たいから」

「はい」

今度は夕女之丞はなんの制止もしなかった。

火皿に火を灯し、掲げて渡す。

身体を起こしたおみつが、夕女之丞をしげしげと見つめている。おみつは、若い頃に茶屋で働いていたときは小町娘の名がついたと聞いている。「昔の話だ」と笑っていたが、ふとしたときの横顔や、仕草に、かつての小町娘の名残が見える。しわがあって、しみが浮き出て、やつれていようがきりっとした美人であった。

おきくはというと、ふたりの側にちんまりと座ったまま、島田髷《しまだまげ》を結った首を傾げ考え込んでいる。明かりがついていようが暗いままだろうが、おきくの視界に変化はない。おきくが頼りにするのは聴覚と、触覚だ。注意深く、なにひとつ聞き逃すまいというように周囲に気を配っているのが伝わった。

「……夕女之丞だ」

おみつが言った。

「そうだよ。なんだい、おっ母さん。おかしなことを」

夕女之丞がきょとんと返し、

「悪いね。耳、痛かったかい」

とおみつがおそるおそる窺《うかが》うように聞いている。

「痛かったし、なんでか、熱かった。でも、手を離してくれたいまはもうなんともねぇよ。ところでさ、なんだかおいら、おすえちゃんと外を歩いてたところまでしか覚えてないんだけど、いつのまにうちに来てたんだい。それでなにがどうしてこうなった」

途方に暮れた顔で、途方に暮れた声で言うから、おみつとおすえは顔を見合わせて無言になる。だとしたら、あの喜三郎は本物の幽霊で、夕女之丞にとりついていたということなのだろうか。

むきだしになった足やうなじや腕が、急に寒くなった気がしてぶるっと震える。

ずっと黙っていたおきくが畳をぱたぱたと手で触り「おすえちゃん、大丈夫？」と聞いてきた。おきくは見えてなくても、物音で、まわりの誰がどうなっているのかを察知するのだ。

「お兄ちゃんも大丈夫？」

おきくの片頬で、小さな笑窪《えくぼ》が内側にひゅっと窄《つぼ》まった。

「さっきのはちゃんとお父《と》っつぁんの声で、いまのはお兄ちゃんの声だった」

おきくが夕女之丞のいる場所に顔を向け、そう言った。おきくの耳は、たしかなのだ。おみつとおすえは無言で顔を見合わせる。

「お父っつぁんの声ってなんだい？」

夕女之丞が心底不思議そうに聞いてくる。やっぱりおみつとおすえはふたりして見つめあったまま、なにも言えない。

「声は、声だよ。私にわかるのはそれだけだったもの。さっきまでお父っつぁんがそこにいた」

さらりと言われ、夕女之丞はたじろいだ顔で「そうなのかい」とおすえとおみつの顔を交互に覗《のぞ》き込む。

そうして――。

「まあ、いいか」

と最終的にそう言った。

「いいのかい」

思わずというように聞き返したおみつに、おすえも内心で同意する。とりつかれたのかもしれないっていうのにそんなに安易に「まあいいか」で終わらせていいのだろうか。

「おっ母さんが起き上がってくれてるからさ、まあいいよ。お父っつぁんが化けて出るならそれだけが望みだったんだろうから」

夕女之丞がいつも通りに暢気《のんき》にそう言って、おきくが「お兄ちゃんだなあ」と口元を手で覆って笑いだした。おみつはというと涙ぐみ「本当にあんたたちは」とこちらは両手で目を覆ってうつむいた。

夕女之丞はみんなを混乱させたまま「まあいいじゃないか」で帰っていって、残った女三人は、泣いたり笑ったり、また、泣いたりをくり返した後、みんなでくっついて眠りについた。

翌日である。

おすえが朝一番で起きたとき、おみつもおきくもまだ寝ていた。ふたりを起こしてはなるまいと、息を殺して支度をする。夜着を脱いでいつもの仕事着の筒袖《つつそで》の着物を身に纏《まと》い、帯を手にしたところで、おみつが起きた。

「あ、ごめんなさい。うるさかったでしょうか」

申し訳なくて声を潜めて謝罪をすると「いいんだよ。昔は私もおすえより早くに起きてたんだから」と、おみつが言った。

いちばん土間に近い場所で布団に横たわっていた、おきくが、ころりと寝返りをうち「うるさくないよ」と小声でつぶやく。ふにゃりとした柔らかい声をだしながら、おきくは立ち上がらずにあたりの様子を窺っている。自分が不用意に動くことで、誰かの邪魔にならないかを気にかけているのである。

みんなを起こしてしまったのだなと、おすえはさらに身を縮める。

「おすえ」

と呼ばれて近づくと、おみつは布団から抜け出て、よろよろと立ち上がろうとする。おすえは慌てて身体を支える。触れた腕が記憶にあるものよりずっと細くなっているのが、やるせない。頬がこけたと思っていたけど、ここまで痩《や》せてしまっていたのか。

「おすえ、帯が縦だ。貝の口に締めたげるからそっちを向いて」

いつもなら、おなつがやってくれることなのだけれど、今朝はおなつは店で泊まっている。

「はい」

久しぶりに自分で立ち上がろうとしたおみつに、おすえはなんだか泣きたくなった。ぐるりと手をまわしておすえの帯を締めあげる力も頼りなく弱々しいものだったけれど、ゆるんだ帯になろうが、それでもよかった。

「女将《おかみ》さん、ありがとうございます」

という自分の声がくぐもった鼻声なのはもうどうしようもない。

「私はずいぶんと寝込んでたんだねえ。あんた、こんなに背が高くなって」

独白めいたつぶやきに、おすえは「はい」とも「いいえ」とも言えず、うつむいた。

「決めた。私はおすえの着物を縫うよ」

おみつが唐突にそう言った。

「はい？」

「私がぼんやりしているあいだに、おすえが、ちゃんとした綺麗《きれい》な娘っこになっていた。うちの亭主が生きてたら、とっとと着物を作っていたさ。おすえは自分から、なにかを欲しがるところが一切ないから……ごめんよ。気づいてやれなくて。私が、長く歩けるようになったら、一緒に反物を買いにいこう」

喜三郎とおみつのふたりは、かつて、おすえが着るものをどうしようかと言い争って——何色が似合うかと言い合って譲らなくて喧嘩《けんか》していたと思いだす。

おろおろしながらも、ちょっとだけ呆《あき》れて、そしてひどく嬉《うれ》しくて、しあわせだったあの日々が、ふいに自分のまわりに戻ってきたような気がしておすえの胸にぽわっとぬくもりが灯った。

「……はい」

と答えたと同時に、おすえは大声で泣きだし、おみつにすがりついていた。

その一刻後《いっとき》。

おすえは、長屋を出て、一目散に『たけの家』に向かう。まだ空は暗くて、朝日も山の向こうで寝ている時刻。昨日までは暗がりと幽霊が怖かったのに、今日はそこまで怖くない。

——まあいいか。

夕女之丞の暢気な声が脳裏に響く。

——幽霊だってきっとみんな、言いたいことがあって出てくるんだ。だったら、あたしたちは、聞いてあげりゃあいいんだ。

全部が全部、そんな幽霊じゃあないとしても「会いたい」と願って出会える幽霊もこの世にはいるのだ。

だって、生きている側だって、死んでしまった人たちに言いたいことがたくさんある。

昨夜の雨で地面が濡《ぬ》れて、ぬるんだ泥に下駄がもっていかれそうになる。慎重に足を進めて、表通りを一丁目まで。本当ならば駆け抜けるくらいに急ぎたいけれど、まだ空は暗く、足もとが不安定だから様子を窺《うかが》い前に進む。

おなつに早く会いたいと思う。

日が昇るよりずっと先に『たけの家』に辿《たど》りついて、おなつに、今朝方、おみつが自分の帯を締め直してくれたんだと伝えたい。

それから、きっと今日も様子を見にくるだろう夕女之丞に「どっちですか」と問いかけたい。

――昨日の幽霊の、とりついたっていうあれは、本物だったんだろうか。それとも夕女之丞さんのお芝居なんだろうか。

どっちであってもかまわない。

どっちであっても、おみつが立ち上がろうとしてくれたのは、生きているみんなにとって嬉しいことだから。

それに、どっちであっても、夕女之丞はたいした役者で、すごい芝居をしてのける。奈落《ならく》上がりの道化方。きっといつか千両役者だ。

それだけは間違いなかった。

第三章　五目稲荷と一朱銀

なにかを思いついた端から、その考えが湯気になって消えていくような、まだまだ暑い晩夏であった。

六月の高村座の興行は『絵本合法衢《えほんがっぽうがつじ》』。

客の入りはそこそこで、入っていないわけでもないが、狂言芝居の続きをかけるほどでもない。いちばん厄介な客入りだ。不評ならあっさりと看板をかえて別な興行にうってでるのだが、と、座元が頭を抱えているらしい。

そもそも夏の狂言は若手が主役。次代の役者のお披露目をかねての興行に、なんの評判もないのは頭が痛い。

興行が不入りならば、当たり前だが芝居茶屋の客もまた不入りである。芝居小屋と茶屋は切っても切れない仲であり、大茶屋を営んでいるのはたいていもともとが役者の親戚《しんせき》だ。

もっとも『たけの家』は、先に茶屋があり、後になって息子が役者になったという変わり種なのだけれど。

そんな六月の最後の日。

今日は朝から『たけの家』の店先の暖簾《のれん》はびくとも動かない。

せめて風ぐらい入ってくれてもいいのにと、おなつは竹の紋が入った暖簾を恨めしく睨《にら》みつけた。

冷や水売りが「ひゃっこい、ひゃっこい」と言いながら通りを歩く。

甘い味のついた冷えた水は、朝方すぐの汲《く》みたてならば、きっと甘露であったろうが、昼八つの未《ひつじ》の刻ともなればひゃっこいどころかお湯になっていることもある。

「ひゃっこい、ひゃっこい」

往復しているのは同じ声。くたびれて、枯れている。

――あれは売れ残りが多くって、それをなんとか軽くしてから帰りたいっていう声よ。

おなつは小走りで暖簾をくぐって外に出る。

「ちょっと、水売りの兄さん」

声をかけられて、水を入れた桶《おけ》を天秤棒《てんびんぼう》の両端に取りつけ、肩に担いだ水売りの男が足を止めて振り返った。濃い眉《まゆ》の下に団栗眼《どんぐりまなこ》。くっきりとした面差しの男である。

「へい」

「お水を二杯ちょうだいな。なかに入って」

「へい。ありがとうございます」

天秤棒を店先の床に置き、ひしゃくで水を掬《すく》って真鍮《しんちゅう》の椀《わん》一杯に注ぐ。実際はぬるかろうとも、真鍮の椀に白玉を浮かせた水の見た目は涼しげで美味《おい》しそうに見える。

おなつは懐から取りだした八文を水売りの男に手渡した。

「おすえちゃん、はい」

受け取った椀のひとつをおすえに手渡すと、おすえは両手で受け取り、ぺこりと頭を下げた。

椀に口をつける。触り口がきんと冷たいのが心地いい。けれどひとくち飲むと、予想通りの甘いぬるま湯だ。それでも白玉をつるりと頬張って、甘みと水分を喉《のど》の奥に流し入れる。

おすえはというと期待に満ちた目で白玉を見つめ、ぐいっと飲んで――落胆したように両方の眉尻《まゆじり》を下げた。

思っていたのと違う味。冷たくない。

口に出さずとも、顔に出た。

「悪ぃな。ずっと売ってたから、冷たくねぇよな。ぬるっこい、ぬるっこいって、売りゃあよかったかい」

水売りの男が、おすえの表情に、申し訳なさそうにそう言った。

「それじゃあ誰も買わないわよ」

おなつが呆《あき》れた声で言い、

「そうなんだけどよ」

水売りの男がとぼけた様子で頭を掻《か》いた。

――商いは、正直であるべきだけれど、見栄《みえ》が必要なところもあるんだわ。

ぎりぎりで叱られない程度に見栄を張り、人の興味をかき立てる。

おなつはそれを、先月、夕女之丞に教わった。深い知り合いでもない七代目市川團十郎の名を出して、さも見てきたようなことを言う夕女之丞に助けられ、五月は「ちまき」を売り抜いた。

あれ以来、驚いたことに、猿若町の芝居を見にくるのではなく『たけの家』のちまきを食べにくるためだけに木戸をくぐった客もいた。

天保の改革のお触れがあまりにも細かすぎ、なにからなにまで規制を受けて、町民たちのなかで行く当てのない鬱憤《うっぷん》が溜《た》まってしまったこともあるのだろう。なにせ端午の節句の兜《かぶと》や人形飾りも「贅沢品《ぜいたくひん》」だと断じ、飾ることも、作ることも、買うことも許されない。子どもが健康に育つことを願って祈る行事にまで「節約」と命じられ、江戸っこたちはとっくに「やっていられるか」という気持ちになっている。

さらに、江戸所払いを受けた七代目市川團十郎の人気はいまだ根強いものだから「大坂で食べているかもしれない、ちまき」という売り名は、尾ひれ背びれをつけて江戸っこのあいだをすいすいと泳いでいった。

真実かどうかは、わからない。

それでも客たちは、團十郎を思って、ちまきを食べたがったのだ。

一個四文という価格も、よかったのだと思う。町人にとっての食事の一回分はおよそ三文から四文。ぎりぎりできる贅沢《ぜいたく》だ。

——そのまま今月も「ちまき」を売ればよかったのかしらね。

客がいない、がらんとした店を見ると気持ちが萎《しぼ》み、悩みが頭をもたげてくる。が、食べることの楽しみのひとつは、季節を大事にすることだ。節供が終わり、月が変わった後も「ちまき」を売り続けるのは気が乗らない。

おなつは白玉を匙《さじ》で掬いとって飲み込むと、水売りに問いかける。

「今日の猿若町の客の入り具合じゃあ水を買う人もそんなにいないでしょうに。どうして、ここで商いを？」

「他の水売りがいないってことが、商機かと思ったんですよ。でも、人がいないいないら、どんだけ暑くても水を買う人もいないってのを、他の水売りが知っていただけだったんだね。来るまでまったく思いつかなかったよ。他の連中がここで水を売らない理由。おいらは、馬鹿だね」

豪快に笑って応じるから、つられておなつも笑ってしまった。

「商売仇《しょうばいがたき》がいない場所を探したらここになったっていうことね。目のつけどころはよかったんでしょうけどねえ」

「そう。目のつけどころはよかったのさ。まあ、歩いてまわって、人がいるほうにいきゃあいいし、もう無理かってなったら河岸を変えるつもりだった。水売りは、店を構えてないぶん気楽なもんだ。……あ」

するっと応じた水売りだったが、客のいない『たけの家』の店先で言っていい言葉ではないと気づいたようで、口を噤《つぐ》んだ。ぼてふり、水売りは、天秤棒を担げばどこになりといけるけれど、店は、動かない。来る客をここでじっと待っているだけ。

慌てた水売りに、おなつは困り顔で笑う。悪気もなく言ったのだと理解できるから、怒れない。

「河岸を変えられるなら、変えるのがいいわよ。生憎《あいにく》なことに、この夏の興行はどこも不入りでね。それでも老舗《しにせ》の大茶屋は食べ物が美味しいっていう贔屓《ひいき》客がいて、入ってるみたいよ？　ここらへんじゃあなく柳屋《やなぎや》さんのあたりを売り歩いて帰ってごらんよ。あっちはお客さんがいるはずだから」

柳屋は市村座付の大茶屋で料理が美味しいことで有名だ。高級料亭の八百善《やおぜん》や平清《ひらせい》と並べても味に遜色《そんしょく》がないと聞いている。改革以来、ちょっとでも値の張る料理を出すと隠密同心に目をつけられて上申されるというご時世で、柳屋だけはお咎《とが》めがない。本当か嘘かは不明だが、親族に与力がいて、袖《そで》の下を渡して、見逃してもらっているのだと聞いたことがある。

おなつが飲み終えた椀を渡しながら言うと、水売りは「へぇ」と頭を掻いた。

おすえも天井を見上げるようにして、口をつけた椀を空にする。名残惜しそうに椀の底を見下ろしてから「ごちそうさまでした。美味しかった」と笑顔で水売りに器を返した。

「次の興行の変わり目、初日に様子を見て、新しいものが流行《はや》ったならまた来るといいわよ」

天秤棒を担ぎ直す男に向かっておなつが言う。

「そんときにはもう暑さもしぼんでるじゃねぇですか。夏が終われば、水売りもおしまいだ」

「次はなにを売るの？」

「そうさねえ。野菜かね。野菜のぼてふりをするときにこっちに寄ったら買ってくれるかい、姉さん」

愛嬌《あいきよう》がある言い方に馴染《なじ》みを覚え首を傾げる。誰かに似ていると思ったら、なんのことはない弟の夕女之丞を思わせる。顔かたちはどこも似ていないが、軽口を言うところや、その場その場でついうっかり本音を零《こぼ》してしまうところが、と、思ったけれど。

――夕女之丞は、もう、そこまで迂闊《うかつ》ではなくなったわね。

思いついた考えを、心のなかでひっくり返す。

おなつは先月夕女之丞に助けられている。ちまきの宣伝をしてもらい、贔屓筋の『上総屋』を紹介してもらった。いままでみたいに「出来の悪い弟」だなんてもう、思えない。

――むしろ私こそが不出来な姉だわ。

「そうね。いい野菜を安くしてくれるなら」

「おぅよ」

男はすぐにまた天秤棒《てんびんぼう》を担ぎ直し、店を出ていった。

おなつは男を見送って「どうしたものか」と、あまってしまったご飯を眺める。

「昨日はちょっとは人がきたから、昨日と同じくらい作ってみたんだけどねえ」

事前に予約の木戸札はなかったが、振りの客が来てくれれば御の字と願いを込めて一升炊いた。半分は甘じょっぱく煮た根菜や針生姜を混ぜた酢飯の五目稲荷《いなり》寿司にして、残りは白いまま置いてある。それだけでは品数が寂しくて、大根菜と大根の味噌汁《みそしる》を作って、瓜《うり》と茄子《なす》を大葉や茗荷《みょうが》と塩もみしてさっぱりと仕上げた香の物もつけた。

けれど今日は客がひとりも来なかったから、すべてまるっとあまっている。

「持って帰って、うちの夕飯と、明日の朝ご飯にするにしても……ちょっと多いわ。仕方ない。夕女之丞でも呼ぼうか。数馬のところに持っていってもらってもいいしねえ」

おなつが腕組みをする横で、おすえも似たように腕を組み神妙な顔つきである。お裾《すそ》分《わ》けだといって渡せばありがたく受け取ってもらえるだろう。でも、あまりものが出るくらい客が来ていないのかと心配をされそうだ。

と、店先の暖簾《のれん》が揺れた。

「いらっしゃいませ……って、あら」

入ってきたのは母のおみつと、杖《つえ》を携えた妹のおきくであった。

「おっ母《か》さん。おきく。どうしたの」

母のおみつは五月のとある夜に床を離れた。幽霊が出たとか、出なかったとか、仔《し》細《さい》は誰に聞いてもはっきりしない。

おきくいわく「お兄ちゃんが、うまくやってのけたのかもしれないけれど、本当にお父《と》っつぁんの声だったから、どっちにしたってお手柄よ」とのことで、夕女之丞がなにかをやらかした結果らしい。

女親というものは、つくづく、息子に甘い。娘らがどう宥《なだ》めすかして、勇気づけても、起き上がれなかったのに、息子の言動にはころっとその気になったらしい。幼いときは「弟ばかり贔屓して」とたまに腹を立てたものだが、いまとなっては、その甘やかしがありがたい。

おかげで、母のおみつが、起きて、歩けるようになったのだから。

「散歩ついでにどんなもんなんだろうかって見にきたいって、おっ母さんが言い張ったんだ。おっ母さんがひさびさに外を歩くって言ったから、私も嬉《うれ》しくなっちゃって」

おきくの片頰で、小さな笑窪《えくぼ》が内側にひゅっと窄《つぼ》まった。

「そう」

応じるおなつの声が、柔らかく緩む。

おみつは藍《あい》染めの着物に黒い半襟が粋《いき》であった。寝込んでいるあいだにやつれた頰や、首に浮いたしわがやるせない。が、ふっくらとしていた昔より、痩《や》せたいまの姿のほうが矍鑠《かくしゃく》として、威厳が増した。いっそ鶴みたいで神々しいくらいである。

おきくはというと、こちらは茶と紺の縦縞《たてじま》に麻の葉模様の柿色の帯姿だ。地味とも思える色柄だったが、色白で、清楚《せいそ》なおきくの美貌《びぼう》がかえって映えた。

おきくの声を聞いた途端、おすえがぱたぱたと小走りだ。

まず、おみつを床几《しょうぎ》に座らせて、次に、杖で床をさぐりながら前に進むおきくの手にそっと触れる。つんっと袖を引っ張って、広げた床几に誘導する。

おすえはこちらがなにも言わずとも身体を動かす、できたお茶子だ。

「暑かったでしょう。いま麦湯を用意するわ」

おなつが言うと、頼む前におすえが「はい。いま持ってきますね」と麦湯を冷まして置いてあった板場に向かった。

「長いこと床についていて、なにもかもをおなつにまかせっきりだったから、一回、店の様子を見せてもらわないとって思ってたんだ」

おみつは床几に座って店内をくるりと見回した。

客のいない様子が母を落胆させてしまうのではと、おなつの顔が引き攣《つ》った。

ずっと芝居茶屋をやってきた母の目に「無人の店」がさらされている。おなつの胸の奥がずしっと重たくなった。

先月の稼ぎはいくらで、今月の稼ぎはいくら。日々、帳簿につけていった数字だけが、店を続ける力であることを、おみつもおなつも知っている。

神妙な顔で佇《たたず》むおなつを、おみつがちらりと一瞥《いちべつ》する。なにを言われるのかと身構えた。なにを言われるのであってもくちごたえはするまい。

おすえが麦湯の椀《わん》を載せた盆を持って戻ってくる。

ひとつ手に取ったおみつが口をつけ、

「あらまあ、しょっぱい」

と目を丸くした。

咄嗟《とっさ》に出たのだろうおみつの言葉に、

「汗をかくくらい暑いときは、甘い麦湯じゃなくちょっと塩を振ったもののほうが身体にいいって、おっ父つぁんが言ってたでしょう」

と、おなつもまた即座に返す。

「言ってたねえ。私もおきくもこれは好きじゃあなかったんだけど、おなつだけはお父っつぁんのこのしょっぱい麦湯をちゃんと飲んでたわね、そういえば」

でも久々に飲むぶんには懐かしいと、口をつけたあとにしみじみと目を細めている。

おきくも、おすえに渡された椀に口をつけ、

「本当だ。しょっぱい麦湯、久しぶり」

とつぶやいている。

ふたりの声を聞いて、胸の奥に風が通り抜けて行くような気になった。

亡くなった父にまつわる物事を、痛みを覚えながらも「懐かしい」と思えるだけの時間が経ったのだと実感したから。

引っ越してきて新しくはじめた『たけの家』の店先でおみつが床几に座っている。その隣でおきくも杖を片手に座っている。

おすえがふたりのあいだでお盆を抱えて立っている。

けれどここに父はいない。

心の隙間を抜けて行く風は、ぬるくて、弱いものだった。それでもそこに隙間があるのだと、痛みが走ることで自覚する。

しょっぱい麦湯を、おみつも、おきくも、泣き笑いみたいな顔で丁寧に飲んでいる。きっとみんなして、父の不在を思っているのだと、伝わった。

そうして、ひといきついてから、おみつが口を開く。

「新しい『たけの家』は、これでなかなかちゃんとしているようじゃあないの。掃除はきちんと行き届いているし、小上がりの床の間に一輪花が挿してある」

おみつが顔を向けた先に、桔梗《ききょう》を刺した備前焼の一輪挿しが飾ってある。二階の座敷の床の間にも同じに桔梗をあつらえた。

思いがけず、最初に誉められて、おなつはぱちくりと目を瞬いた。てっきり客がいないことを憂いたり、怒られたりするのかと思っていたのだ。

「はい。ありがとうございます。掃除と花は、葺屋町で仕込まれた通りにやっています」

姿勢を正して、おみつの続きの言葉を畏《かしこ》まって聞く。母であるのと同時に、彼女は芝居茶屋を営む先輩であった。先代の『たけの家』で算盤《そろばん》勘定のすべてを担っていたのはおみつである。

先月まで寝込んで、まわりを見回すこともできずに、泣いてばかりいたことを思うと、きつい叱責もありがたく受け止められるというものだ。おなつは、あらためて、どんと来いという気構えで、胸を張っておみつを見返す。

「店んなかはいいと思うよ。これといった問題はない。それじゃあ、次に、稲荷寿司をひとつ、いただいてもいいかい」

おみつが最後まで言う前に、おすえが「はいっ」と棚に置いた桶《おけ》に並べていた稲荷寿司を小皿に取って、おみつに差しだした。続いて、おすえは、おきくにも小皿の稲荷寿司を手渡して、おきくの手に箸《はし》と皿を持たせている。

「ありがとうよ、おすえ。お茶子のおすえは間違いなしで、気が利いて、よくできる。お父っつぁんと私が仕込んだお茶子だものねぇ」

目を細めておすえを見返し、おすえは「はい」と頬を赤らめた。

それからおみつは稲荷寿司を手でつまんで頬張った。

「うん。米の炊き具合がちょうどいいし、味もいい。お揚げもふっくらとして、しっかり味がついている。これは『たけの家』の五目稲荷《いなり》の味そのままだ。美味《おい》しいよ」

笑顔でうなずくおみつに、おきくも同意する。

「本当に美味しいよ。お姉ちゃん、前より料理の腕前があがったんじゃあない？」

「ありがとう……」

さっきから誉められてばっかりだ。おなつはぽっかりと口を開いて、なにか別なことを言おうとしたが——なにも言えずに口を噤《つぐ》んだ。

掃除も丁寧で花も飾って、料理の味もいいとなると——あとはなにが足りないというのか。いま、客が来ていない理由はなんなのか。

——でもさ、それを、やっと起き上がったおっ母《か》さんに聞くのは情けないよね。

無言になったおなつを見て、おみつが続ける。

「おなつは、生真面目でまっとうだ。いざっていうときの馬力もある。なにせ、私が寝込んでいるあいだ、ひとりでなにもかもをきっちりやって、店を開いちまったんだもの。金策に、店探し。暮らしていける長屋を見つけて、引っ越して。天晴《あっぱ》れなもんだよ。あんたの店に文句なんてひとつも出てこない。全部、ちゃんとやってるよ。――大変だったろう、おなつ」

「え……大変なことは別に」

「ひとりきりでなにもかもを背負わせて申し訳なかったよ」

おみつがそう告げて、頭を下げた。

思ってもいなかったことを言われ、おなつは慌てて顔の前で手をぱたぱたと横に振る。

「とんでもないよ。顔を上げてよ、おっ母さん」

「おすえもだ。私が泣き暮れて、木偶《でく》人形みたいになっちまったあいだ、家で、おきくと私を――店ではおなつを支えてくれてたんだ。ありがとうね」

おすえも、おみつに頭を下げられて、おなつと同じに慌てて（ている。

目をまん丸にして、おなつとおみつとを見比べて「あたしは……あたしはそんなになんにもですよ」と、くり返す。

「おっ母さん、どうしたんだい。もっと言いたいことがあるんじゃないかい。客がいないとか、先月の稼ぎはいくらだったんだいとか。金策だって、そもそもが先代の『たけの家』のツテで、おたけ婆さんに頼んだもんだし、この店の大家もおたけ婆さんだ。私がやったことなんてたいしたことは……」

不思議なもので、誉め言葉をまともに受け止められず、叱られないことが不安になった。

おたけ婆さんは金貸しだ。本当かどうかは知らないが、竹藪《たけやぶ》で大金を拾って大金持ちになったため、趣味の芝居に金を出して高村座の金主になったのだと聞いている。

金主は、座元の次に決定権を持っている。おたけ婆さんが、おなつに芝居茶屋をまかせると言ってくれたから、猿若町の高村座の裏店《うらだな》に店を設けることができたのだ。

「たいしたことだよ。おたけ婆さんの信頼を得ることができたんだから」

おみつは変わらず菩薩《ぼさつ》のようにありがたいことを言っている。

――こんなの、私の知ってるおっ母さんじゃあないってば。

「それは……おたけ婆さんも、自分の名前を使わせた『たけの家』がなくなるのは残念だからって。私じゃなくて信頼されてたのは、お父《と》っつぁんと、おっ母さんだよ」

「お父っつぁんはまだしも、ふたりの娘と、かわいいお茶子を捨て置いて、寝付いて泣き暮らしてた私に信頼なんてあるもんかい」

とうとうおみつは、ほろほろと泣きだした。

せっかく床を離れて歩いて外に出てきてくれたのに──ここでまた泣きだされると、どうしていいのかわからない。

母のおみつは、娘の前で泣きだすような、そんな人じゃあなかったのだ。

「いやいやいや。おたけ婆さんはちゃんと言ってたよ。先代の『たけの家』のきちんとした仕事ぶりに重きを置いて〝あの親の娘なら、まかせてもいいよ〟って言ってくださったんだ」

「それはいつの話だい。私は聞いてないけどねえ」

「そりゃあ、あんときは、まだ、おっ母さんが寝込んでいたから、見舞いにきてくれたその後で」

「それでもさ。あんたがふがいない娘だったら、おたけ婆さんは助けてくれたりしなかった。あんたは寝付いた私も、私に放りだされた妹のおきくも、おすえのことも、みんな背負って立とうとしてた。おたけ婆さんは、そういう女に弱いんだ」

おみつは涙を拭《ぬぐ》って、遠い目をする。

「おなつに比べて、私なんて、さ。どうしようもない母親だよ。私のことをおなつは捨ててもよかったのにさ」

留《とど》めに言われ、おなつは、我ながらびっくりするくらい、おろおろしてしまう。

「おっ母さん、どうしたんだい。まだ本調子じゃないのかい」

顔を覗《のぞ》き込んで小声で聞いた。

母のおみつが元気だったときは、おなつとおみつは、丁々発止でやり合うことも多かった。気の強い母と、強情な娘という取り合わせは、喧嘩《けんか》の種に事欠かなかった。

それなのに、とおなつは戸惑う。

こんな母親ははじめてで——考えてみれば寝込んでしまった母親だってはじめてだったし、弱っている母親というのがはじめてで——おなつは困って、おきくを見た。

妹のおきくはいつだって場の気配を読んで、助けになることを言ってくれる。口喧嘩をするおみつとおなつを、ふわりと笑わせるようなことを言ってのけたり、美味しい食べ物を持ってきて半分にわけて「はい。おしまい」と、チョンと手打ちにさせてみたりと、おきくはいつもふたりのあいだを取り持ってくれたのだ。

「……お客さんがいらっしゃるよ」

ふいにおきくがそう言った。

「え」

おみつとおなつの声が揃《そろ》った。

おきくは小首を傾げて「下駄の足音がこっちに向かって、そこで止まって、ほら」と、暖簾《のれん》を指さす。

思わず見た先で暖簾をかき分け、客がふたり入ってくる。

「いらっしゃいませ」

先に入ってきたのは、おなつが見上げるくらい長身の女性であった。肩幅も広く、胸も厚く、これが男性であるなら鍛え甲斐《がい》があると道場の師範が小躍りしそうな身体つき。けれど細い首の上に載っているのは、女性の面差しで、装っている着物も縞《しま》の小袖《こそで》で、結っているのは島田髷《しまだまげ》。歯も白いから未婚の女性だ。

後をついて来たのは、青竹を思わせる佇《たたず》まいのきりりとした女性である。整った面差しだが、高く通った鼻筋に、口角が下がって不機嫌そうな唇が強情さを窺《うかが》わせた。濃淡のある青の縦縞《たてじま》の着物で半襟が白い。こちらもまた未婚であるのは髷の形で見てとれた。

ふたりの姿を見て、

「あらまあ。お久しぶりでございます。坂東《ばんどう》さんのところのお狂言師さまじゃあないですか」

おみつが袂《たもと》で目を拭うと、床几《しょうぎ》から立ち上がる。

お狂言師というのは、女役者のことである。

男子禁制で、女性しか入ることを許されない大奥や大名屋敷の奥向きに歌舞伎役者は入ることができない。

それでも狂言を楽しみたいという高貴な「奥」の女性たちに、屋敷に招かれて歌舞伎を演じる女性たち。彼女たちは、お狂言師と呼ばれていて、三味線や笙《しょう》の演奏に道具方も含めなにからなにまで女性だけの一座を組んでいた。

女性ふたりは顔を見合わせてから、おみつにいぶかしげながら「はい」と返事をする。

「葺屋町の店では何度かお顔を拝見させていただきました。『たけの家』の女将《おかみ》でございます。あの節はお世話になりました」

おみつの言葉に女性たちが「ああ」とうなずきあった。

「同じ名前のお店なのは、あちらから越していらしたからなんですね。たしか火事で……」

「はい。前の店は火事で失いましたが、おかげさまで無事に猿若町に新しい店を設けることができました。私はこれを機に引退して、後は若女将の娘のおなつにすべてを任せております。どうぞこれからも折に触れうちを使ってやってくださいまし」

頭《こうべ》を低くしておみつが告げて、女性ふたりづれはそのまま小上がりに腰を落ちつけた。

長身のお狂言師は坂東三萩《みはぎ》、もうひとりは坂東きやうの名で、お狂言師として加《か》賀《が》や讃岐《さぬき》、安芸《あき》藩のお屋敷に出入りしているのだという。

お狂言師は将軍家や大名家に住み込みの者もいれば、踊りの師匠として町で弟子をとって暮らしながら通っている者もいる。

何十人かいるお狂言師のなかで庶民にも名を知られているのは坂東三津江《みつえ》に水木《みずき》歌仙《かせん》、松本梅吉《まつもとうめきち》、岩井《いわい》お粂《くめ》だ。

今日来た客のふたりは、共に坂東三津五郎《みつごろう》の弟子筋であり、姉弟子でもある坂東三津江のお狂言師の一座で踊っているのだという。

そう思えばふたりともに立ち姿がすらりとしていることも、そこにいるだけでぱっとひと目を惹《ひ》くことも、腑《ふ》に落ちた。

「ちまきはあるんですか？」

と聞いてきたのは長身の三萩であった。

「ちまきはもうやっていないんです。あれは五月だけのお楽しみでした」

おなつが言うと「じゃあ今月のお楽しみは」と即座に返してきたのは、きやうであった。

「今月は五目稲荷《いなり》と味噌汁《みそしる》と握り飯と香の物でございます」

おなつは澄まして応じる。今月は何人にも同じ質問をされているのだ。

「なんていうか、そりゃあ」

「普通だね」

三萩ときやうがそれぞれにそう言った。

「ちまきが食べたくて、昼狂言を抜けて寄ったのに、興ざめだわ。おもしろいものを食べさせてくれるって思って、来たのにさ」

三萩が眉根《まゆね》を寄せて不服を述べる。

「申し訳ございません」

おなつがしゅんとして謝罪すると、三萩ときやうが困ったように顔を見合わせた。文句は言ってみたものの、あやまらせたいわけではなかったようである。

「いやだよ、頭を上げてくださいよ。いまどき大茶屋はまだしも裏店《うらだな》の小茶屋の料理に文句をつけるのは、こっちがおかしい。大茶屋ですら珍味とご馳走《ちそう》を禁止されているんだから。茶屋稼業を廃業してる店のほうが多いのに、こうやって越してきて、同じ屋号を受け継いでいこうと決めなさった若女将の苦労、こっちだってわかってますよ。物言いつけたいわけじゃあなかったんだ。ごめんなさいね」

きやうが気遣うようにそう言って、その対面に座った三萩が「そうだよね」とすかさず同意した。

「小茶屋で扱っているのは、せいぜいが稲荷寿司くらいなのは私たちもわかってるんだ。だからこそ、東西のちまきを手頃に出している店があるって聞いて、おもしろい話だってこっちに寄ったんだ。ちまきがなかったとしても、それが普通。別に」ととりなす気持ちでつけ加えてくれたのはわかるけれど、だからこそふたりの言葉はおなつの気持ちにぐさりと刺さる。

きやうが語るのはいまのご時世の現実だ。そして三萩の語ったのは「そんな現実にがっかりして、期待して店に来た」のに『たけの家』が彼女たちを落胆させたという残念さである。

——やっぱり、ちまき、出しておけばよかったわ。

後悔がおなつの顔に出たのだろう。

きやうが、おなつの視線を避けるようにして、こそっと小声で彼女の名を呼んだ。

「三萩姉さん」

三萩はまったく気に止めず「なんだい」としれっと聞き返している。

「だったら来年また一緒にこちらに寄らせていただきましょうよ。——こちらでは、また五月にちまきを出すんでしょう？」

後につなげたきやうの言葉はおなつに向けたものである。

来年の五月、とおなつは思う。そのときにもまだ『たけの家』があるのだと信じきっている言い方が、釣り針みたいにおなつの心をぐっと引き上げた。

彼女は昔の『たけの家』を知っている客だった。

そうしていまの芝居茶屋の内情も知っている客だった。歌舞伎小屋と、歌舞伎役者たちが虐げられていることも——役者絵を描く絵師たち——寄席《よせ》に人形浄瑠璃《じょうるり》といった興行や娯楽が疎まれて、猿若町に追いやられてしまったことも、その痛みをも知っている客たちだった。

その彼女の告げる「来年また」の言葉に、祈りと応援を感じたのは、思い違いなのかもしれない。

それでも、おなつは思ったのだ。

――せめて、それまではこの店を続けたい。

「はい。来年にはまた東西のちまきを出しますとも。とはいえ、名前も売り文句も変えることになると思います。それに、今年うちで出して評判になったと知った他の茶屋も、きっと似たようなものを出してくると思うんです。そんときも、絶対によそじゃあなく、うちで食べてくださいね」

ちまきは、店で買うのではなく自宅で作って食べることの多いものだ。それがたまたま今年だけ、夕女之丞の機転と芝居のおかげで、店で出して「うまく」はまった。

来年になってもまだ客たちが『たけの家』のちまきを覚えていてくれるだろうか。今年限りだったのではないか。

それに「売れた」となると、他の茶屋が真似をしないでいるはずがない。雨後の筍のごとくにょきにょきと、團十郎の東西ちまきがよその芝居茶屋に並ぶことだろう。

──そもそもがうちは七代目團十郎になんの許可も得ていないものなんだもの。いざとなったら、よその店がきっちり七代目團十郎に筋を通して、その名をつけて売りだすに決まってる。うちには七代目團十郎にお願いするようなツテもないんだし。

しかも江戸所払いになった役者の名をつけて出すとなると、お上に物言いをつけられるかもしれない。そのために筋を通すとしたら、どこに向かって話を持っていくのやら。

考えなければならないことが山積みで、おなつの喉《のど》の奥が狭まって、うっと言葉に詰まってしまう。

しまうのだけれど。

──こんな程度のことで、引っかかっていたら、店を続けてられないんだ。

責任というものがずっしりと肩に乗っかって、床に足がのめり込んでいくような気になって、うつむいた。

──大丈夫。沈んでる場合じゃあない。

まだ平気と自分を叱咤《しった》する。だって、おなつはひとりじゃあない。

顔を上げて店のなかを見渡した。いまは弱っているけれど、経験豊富な母のおみつが後に控えている。お茶子のおすえは優秀だ。弟の夕女之丞は機転を利かせてものを売り、贔屓《ひいき》筋《すじ》を紹介してくれる。亡くなってしまった父の料理は美味《おい》しくて、おなつは身近で父の料理を習って育った。

我知らず、ふぅっと息を吐いたおなつに、きやうがにっこりと笑ってくれた。

「ええ。そのときを楽しみにしときましょう。今日のところはお稲荷さんと香の物をくださいな。せっかくだから味噌汁ももらいましょうか。三萩姉さんはどうします？」

「そうだね。ここで食べとかないと夜まで保《も》たない。同じものをいただこうか」

三萩もまた笑顔であった。

「……はい。ありがとうございます。いまお持ちいたします」

と言ったはしに、おすえがもう稲荷寿司と香の物を用意して皿に盛って運んでくれた。

おみつは「どうぞあとはご自由に」とでもいうように、誰に対してというのではなく鷹揚《おうよう》にうなずいて、板場に向かった。客が入ってしまった以上、店の人間が床几《しょうぎ》に座り続けるのはよくないと判断したのだろう。

おなつも気を取り直し、椀《わん》に入れた麦湯を二杯用意して、ひとつひとつを三萩ときようの前の膳《ぜん》に置く。

「こちらは今日だけの特別のおまけの麦湯です。うちの麦湯はしょっぱいんですが、暑くて、汗をかくときは甘い麦湯よりしょっぱい麦湯のほうが身体にいいので、どうぞ」

おもしろいものをと来てくれたのなら、いまできる「おもしろいもの」を出さなくてはと咄嗟《とっさ》に判断しての機転であった。しょっぱい麦湯は珍しい。

「あら、ありがとう」

三萩と、きやうが、涼やかにそう言った。

先に口をつけたのはきやうであった。

「……本当にちょっとしょっぱい。美味しいってもんじゃあないけれど、汗かいたあとの身体に染みるようで悪くはないわ。三萩姉さんも、飲んでみなさいよ」

「どれ。きようちゃんがそう言うのなら」

三萩がしょっぱい麦湯を飲んで「うぇ」と小さく声をあげ「やだ、いまの声ひどかったわねえ。蛙みたいな」と、言った本人が笑いだす。

「そこまでひどい味じゃあないわよ、三萩姉さん」

「そんな言い方するってことは、そこまでひどい声だったのかい、きやうちゃん？」

続けて言い合う様子から、仲のよさが伝わってくる。

ふたりの会話を聞きながら、おなつは味噌汁《みそしる》の鍋《なべ》を竈《かまど》にかける。大根菜と千切りにした大根が鍋のなかでふつふつと揺れている。

小上がりで三萩ときやうが、九月の菊見の宴で加賀藩の奥に呼ばれる話をしている。綺麗《きれい》なものをなにかひとつと、もうひとつはおもしろいものをやりたいところだが、三津江師匠はどの演目をするのだろうと話している。

「おもしろいものといえば、皐月《さつき》狂言の『碁太平記白石噺』は、どじょうの役者がよかったって聞いたわね。きやうちゃんは見た？」

客の話を盗み聞きするのはよくないことだが、おなつの耳がぴくりと反応する。皐月狂言『碁太平記白石噺』のどじょう役は夕女之丞だ。

「ああ。高村夕女之丞ね。あの役者は舞踊がいまひとつで、話題になってもわざわざ見にいこうと思わないのよ」

聞いているだけでしゅんとする。誉められると嬉しいし、落とされると悲しい。身びいきがすぎるといっても、どうしようもないことである。

「師匠は藤間《ふじま》流だったわね。きやうちゃんはそう言うけどさ、私は夕女之丞はわりと好きな踊りだよ。見映えよく踊るんだ。飛び立っていきそうな、空に向かってくような踊り方をする」

「飛び立ちそうなのが苦手なのよ。華もあるし、愛嬌《あいきょう》もあるけど、振りが大きくて、おおざっぱじゃあないかしら。こっちは坂東の踊りが指の先、髪の一本一本にまで染みついてるから、藤間流の振り付けがいまひとつ飲み込めないっていうだけなんでしょうけどね」

「舞台映えはしてるわよ」

「坂東流だって舞台映えはしてますよ、三萩姉さん」

きりっとしてきやうが言って、

「きやうちゃんは、坂東の踊りが好きだわねえ」

笑ってきやうを叩《たた》くふりをした三萩に、きやうが「当たり前じゃあないですか」と唇を尖《とが》らせた。

「どじょうといえばさ」

三萩がふいに話を戻す。きやうが「なあに」と聞き返す。

「今年も鰻《うなぎ》、なかなか食べられないのかしらねえ。去年はさんざんだったわよね」

——鰻？

贅沢《ぜいたく》禁止の世の中で、庶民から遠ざかったもののひとつに鰻もあった。

鰻の問屋組合仲間が廃止で、蒲焼《かばや》き屋が直に問屋から買いつけてるから、鰻が足りなくなったのが昨年だ。問屋組合と株仲間の廃止が、鰻不足の結果を生んだ。お上は贅沢を禁止しておきながら、自分たちは美味しい鰻を食べたいと我が儘《まま》を言う。おかげで幕府の料理番は江戸じゅうをはしからはしまで走りまわって鰻をきっちり買ってまわった。結果、丑《うし》の日に精をつけたいと店にいっても、蒲焼《かばや》きが店にない。

昨年の土用の丑の日は、江戸っこたちは鰻を食べるのに右往左往していたのだ。

「三萩姉さん、なに言ってるのよ。おかしいったら。どじょうについての話じゃあないじゃない」

「似てるじゃあない。長くてにょろっとしてて。去年は、私、どじょうを開いて蒲焼きにしたものを作ってもらってお茶を濁したんだったわ。どじょうだって〝う〟がつくからね。それでわかったの。蒲焼きのあのたれをつけたら、だいたいのものが美味しくなる」

したり顔でうなずく三萩に、

「本当に三萩姉さんは食いしん坊なのね」

きやうがくすくすと笑っている。

「なみの男より大きいこの図体を動かしてくには、美味しいものを食べないとだめなのよ。笑い事じゃあないんだよ」

「だったらたくさん食べてもらわなきゃあ。三萩姉さんは踊ってこそだもの。私、三萩姉さんの玉兎が好きなのよ」

ふたりの話題はつきないようである。

おなつは、あたたまった味噌汁を椀に注いで運び「ごゆっくり」と声をかけた。

そうして——半刻《はんとき》後。

と入ってきたのは、紺の足袋に白い鼻緒の下駄履きの男であった。鼻緒と、裾《すそ》をからげた股《もも》引《ひ》き姿で、ひと目で同心の下働きの岡っ引きだとわかる。

「邪魔するぜ」

「なんだい。娘っこばっかりだなあ、この店は」

細く鋭い目と細長い顔は、整ってもいるが、見ようによっては意地の悪い狐のようだ。

「あんたがここの若女将《おかみ》かい。葺屋町から越してきたって聞いてるぜ」

男はおなつをじろりと睨《にら》み、そう言った。店のなかすべてに対して威嚇するようなまなざしと、言い方だった。

「ちょっくら二階を見せてもらうよ。なに、なんにも疚《やま》しいところがないならそれでいい。町触れで茶屋にお抱え女は御法度だっていうのはみんな知ってることだろう？　その筋の女たちは全員吉原いきだ。でもよ、ここの店は、娘っこしかいないのがあやしいって隠密同心が言ってきたから、あらためだ」

男は、おなつの返事も聞かず、ずかずかと店を突っ切って、階段を上っていく。

最初は意味がわからなかった。ぽかんとして見送っていると、おみつが慌てて後について階段をのぼっていく。

——もしかして『たけの家』で、私たちが、女の春を売っている疑いがあるって、そう言ったの？

おみつより一拍遅れて「疑われたのだ」と腑《ふ》に落ちて、おなつも大急ぎで階段をのぼる。

お抱え女という春を売る女を抱えた茶屋に、男相手に男を売る陰間茶屋。天保の改革はそういったものをすべて禁止して、踏みつぶしていった。

しかし求める者がいるからこそ、売る者が出てくるというのがこの世の理《ことわり》だ。上から一方的にお取りつぶしを命じられたからといって、なくなることはないのであった。

隠密たちは江戸の町をしらみつぶしに調べてまわり、御法度破りを捕まえていく。その俎上《そじょう》に『たけの家』がのぼったと岡っ引きは言ったのだ。

おなつが二階に上がると、先に座敷に入った岡っ引きが、ぎろりとあたりを睨みまわして、大声を放った。

「ふん。誰もいねぇじゃねぇか。やっぱり夜になると客がきて、しっぽりと決め込むっていう寸法かい」

下卑た笑みを貼りつけて、側に控えて立っていたおみつに言いがかりをつけている。

おみつは、わかりやすくおもねる笑みを浮かべ、したてに出ている。「相手のほうが立場が上だということをこちらは知っているんですよ」と伝えるための笑い方は、客商売で身につけたもののひとつらしい。

ふと、おなつが思ったのは「私はまだこういう顔を作れない」ということだ。おみつは必要があれば愛想笑いができるのに、おなつは咄嗟《とっさ》に頬が強ばる。

どうしようかと戸惑うおなつの目の前で、

「そんなことはございませんよ。だったらもっと人が入ってる。うちみたいな閑古鳥を飼ってる店を苛《いじ》めないでおくんなさいまし。――だんな」

と、おみつが懐から一朱銀をいくつか手にとって、岡っ引きの手のひらに押しつける。

岡っ引きはちらりと手のひらを見て渋い顔で押し返そうとしたが、笑顔のおみつがさらに銀を追加すると「うん。まあ、そうだな」と、顎《あご》を引いてうなずいた。

つかんだ銀を胸元に押し込んで、袖手《しゅうしゅ》になると、岡っ引きは追いかけてきたおなつを見た。

「今日、この店に娘っこしかいないのは、あやしいけどな」

まだ含むところがありそうに言うので、ひとつはっきりさせておきたくて、おなつはつい口を開いた。

「なにをあやしいことがございましょう。小上がりにいらしたおふたりは加賀藩前《まえ》田《だ》家や安芸広島藩浅野《あさの》家にお仕えの、お狂言師さまでいらっしゃいますよ」

苛立《いらだ》ちが声に滲《にじ》んで、きつくなる。

岡っ引きは「え」と絶句した。

――わかりやすい。

女しかいないと強気に出る。権威をかさに着て威張りちらして、袖《そで》の下で黙り込み、大名家の名前を聞くと狼狽《うろた》える。

でも自分だって同じだ。そういう相手だと見抜いたからこそ、お狂言師たちの名前と権威を口にした。

自分の力だけで「嫌な奴」の口を封じることのできないのが、情けない。

おなつはすっとお腹を引っ込めて、岡っ引きを先に通すために身体を横にして廊下の端に退いた。

「よろしかったら稲荷寿司とお味噌汁《みそしる》を食べていってください。特別なもんでもないですが、先代のときからうちの五目稲荷《いなり》は美味《おい》しいって評判なんです」

おなつの言葉に重ねるように、おみつが「若女将、そこはお酒だよ。そうですよねぇ、だんな。味噌汁はシメで、その前に酒で喉《のど》を潤していってくださいませ」と愛想よく続ける。

ふたりがすれ違える巾《はば》の階段ではない。岡っ引きは、えらそうに咳払《せきばら》いをし、階段を足音をさせて降りていく。

降りた先で、岡っ引きを待っていたのはお狂言師のふたり連れだ。

三萩ときやうは、上から下まで、舐《な》め回すように岡っ引きを眺めながら、ひそひそとふたりにだけ聞こえる声で会話をしている。ときおり、くすくすと笑う声が小鳥のようだ。

なにを話しているのかまでは聞こえない。けれど、その場にいる者たちに、ささやく息がふわりと届く。聞こえそうで聞こえない、そんな加減の声を出し、岡っ引きのことを話しているのだと、伝わるように目配せをする。

互いの肩をこづきあう仕草も、踊っているみたいにしなやかで、つい目が彼女たちに引き寄せられる。ふたりの笑顔はそれぞれに、品があるのに、棘《とげ》もある。さすが大名家に使えるお狂言師は、すべての所作に意味をもたせる。

「なんだい。おまえらなにを笑っていやがんだ。前田様や浅野様のところのお狂言師だかなんだか知らねぇが」

岡っ引きがとうとう業を煮やしてくってかかった。

ぐっと身体をそらして横柄にお狂言師たちを睨みつける岡っ引きを、きやうが一瞬、見返した。

「はい。ありがたいことに十一代目将軍の家斉《いえなり》公のご側室お美代《みよ》の方にお仕えをし、能狂言師として身を立てました、坂東きやうと申します。こちらは私の姉弟子の、坂東三萩。私どもは、坂東流のお狂言師の一座として、女の身ながら、加賀藩、安芸藩、讃岐藩、熊本藩よりご扶持《ふち》をいただいております。知らないなどとおっしゃらず、以降、どうぞお見知りおきを」

きやうは一気にそう告げてから、目を伏せて、殊勝な顔を取り繕った。

「ああ？」

唸《うな》り声みたいな相づちをうった岡っ引きに、きやうと三萩は再び顔を上げ、花が咲くように笑ってみせた。

「見知っていただけないと、捕らえられるかもしれませんもの。おお、怖い」

岡っ引きは、ちっと舌打ちをした。けれど、ここで捕まえてしまって、後でどこかしらから横やりがはいることの手間を考えたのだろう。

むっとした顔のまま「捕まえねぇよ」と言葉を捨てた。

他の返しが思いつかなかったようである。

「ありがとうございます。こちらの五目稲荷、美味しいですよ」

きやうが大きな口をあけて稲荷寿司をがぶりと食べて、それを聞いた三萩が「味噌汁もですよ」と椀《わん》に口をつけてごくごくと飲んだ。味噌汁を飲むにしては豪快な飲みっぷりで、すべてが芝居がかっている。

岡っ引きは気勢をそがれたのか鼻白む顔で「こちとらおまえさんたちと違って忙しいんだ。食ったり飲んだりしてる時間も惜しい」とそっぽを向いた。

してやられてしまったことに罰が悪かったのか、岡っ引きの矛先がおなつに向いた。

「──客はいいよ。素姓も知れた。だけど、若女将《おかみ》。おめぇが板場もひとりでやっているって聞いてるぜ。それは本当かい？」

「はい。私がすべてをまかなっております」

おなつが応じると岡っ引きが「ふん」と鼻を鳴らした。

「今日のところはこれで帰るが、どっちにしたった〝女だけで〟やってる茶屋ってのはいただけねぇや。女将が采配《さいはい》ふるっててもよ、板場は男にかえとけよ」

女だけで、というのを言うときに、きやうたちをじろりと見据える。つくづく嫌みな男であった。

「さようでございますか。ご忠告いたみいります」

心のなかはどうであれ、おなつは丁寧に頭を下げた。ここで突っかかったところで誰にとっても得がない。

「おぅ。どうせ女の作る料理なんざ、店で、銭をもらって出せる料理じゃあねぇんだ。お抱え女に間違えられて、捕まえられる前に、この店はつぶれちまわぁな。これはな、あんたたちのための忠告だ。考えとけよ」

岡っ引きは鼻息荒く暖簾《のれん》を片手で押し上げ、大股《おおまた》で店を出ていった。

熱いものを飲み込んだみたいに、腸《はらわた》が一気に煮える。銭をもらって出せる料理じゃあないと、断じられたのだ。御法度破りで捕らえられ廃業の憂き目を見る以前に、女だけで営む芝居茶屋は「女だけ」だから、つぶれてしまうと言われたのだ。

握った拳《こぶし》がぶるぶると小刻みに震える。手のひらに爪が刺さって、痛い。

静かになった店内に、

「おすえちゃん、私に塩をちょうだい。一緒にお外に撒《ま》いてこよう」

と響きわたったのは、おきくの声だ。

「え？」

おなつと、お狂言師たちの声が重なった。みんなの顔がおきくに向いた。

おきくの閉じたまぶたの端に、うっすらと涙が滲んでいる。おきくはみんなに見られているのを気にも止めず、杖《つえ》を手に立ち上がった。

「だって嫌な奴だった。本当に嫌な奴だった。嫌な声で、嫌な言い方して、こっちが黙ってるからって図に乗って、どすどすと大きな音をさせて歩いてまわってた。しまいには、おなつ姉ちゃんの料理の腕にまで口を出してった。ひとくちも食べてもいないのにっ」

ずっと静かに座っていたからいままで気づけなかったが、おきくは、ここにいる誰よりもいちばん腹を立てているように見えた。ひとり静かに、怒り続け、去り際の言葉に留《とど》めを刺されたようである。

見ているあいだに、おきくの頬につるっと涙の滴が伝って落ちた。

泣いて怒ってくれている妹の姿に、おなつはすっと冷静になる。近づいてその頬を拭《ふ》き、よしよしと抱き寄せる。

「大丈夫だよ、おきく。姉ちゃんは別に気にしてないからさ。それに、塩だってお金がかかってんだ。もったいないよ」

気にしてないというのは大嘘で――でも、自分のために怒るおきくを見たら「気にしてやるもんか」と思えたのである。あんなろくでもない男の言いぐさに傷ついてなんてやるもんか。

――袖《そで》の下で銀まで渡しちまったんだからさ。そのうえ塩なんて、撒いてやるもんか。

「そうか。そうだね。もったいないね」

おきくがしゃくり上げながら、なんとか笑ってみせようとする。くしゃっと歪《ゆが》んだ顔に胸を衝《つ》かれ、おなつはただその背中を撫《な》でた。

そうしたら――。

「そうだよ。もったいないよ。板場に立ってるなら塩は料理に振るもんだ」

小上がりから声が届いた。

顔を向けると、三萩がまっすぐにおなつを見つめていた。やるせないような、やさぐれているような笑みを浮かべ、それでいて目の奥が怒りでぎらついている。

「ああいう男がいるんだよ。どんなことでも男と女は違うって言いたいやつが。たとえばさ、歌舞伎は男がするもんで、女にはとうてい無理だって言うやつさ。男は女を演じて――女形《おやま》になることはできるが、女にはどうしても男を演じることも、真の立役もできることはないんだってね。芝居小屋の神様は女が嫌いで、だから女は楽屋に入ることもできないし、小屋の板に立つこともできない。歌舞伎おどりをはじめて作ったのは女だっていうのにねえ」

三萩は、ふてくされた子どもみたいな顔で、文句を言う。

どこかで見たことがあると思った表情は――地団駄踏んできて暴れまわっても、世界が自分の思うようには変わらないのだと気がついたときの、子どもの顔だ。

夕女之丞がかつてそういう顔をよくしていた。おきくもまたそういう顔をしてみせることがあった。

おとなたちが作った世の中というものにぶつかって、乗り越えられない壁の大きさに、ふてくされて怒る顔。そこに男も女も関係ない。おとなか子どもか、それだけだ。

——あら、やだ。三萩さんはもうおとななんだろうに。

そして自分もまたもうおとななのに。

怒る三萩の目の前で、きやうが、そんな三萩をどこか面白がってでもいるような笑みを浮かべて、

「いいじゃあないですか。三萩姉さん。できなくっても、やるんだよ。私らは」

と、軽く言葉を飛ばした。

なんの思いも気構えも覚悟もなくて、当たり前のことを当たり前にやっていく人の言い方だった。夜寝て、明日《あした》起きるよ。起きたら、また生きるよ。息吸って、吐いて、まだまだ生きてくよ。そんなふうな気軽さがあった。

おなつはきやうの軽さに、すとんと、胸を撃ち抜かれた。

「そうだよね、きやうちゃん。踊りに男も女もあるもんか。踊ってるあいだだけは、私らはひとりひとり自由なんだ」

三萩もまたきやうの言葉に納得し、怒りを拭《ぬぐ》い、気負いもなく笑ってのけた。

ふたりは見つめあって、うなずくと、小上がりから降りる。

彼女たちが今日『たけの家』に来てくれたのは、たまたまだ。

食べたいと思った「ちまき」がなくて、残念がって、でも五目稲荷《いなり》を食べて、日常の四方《よも》山話《やまばなし》をしながら笑って——嫌な男に嫌なことを言われて、自分たちの仕事を胸を張って誇って男をいなして——しまいに、そんなすべてを笑い飛ばして、ひとりひとりが自由だと認めあって、家路につく。

彼女たちは、これからも踊り続けるのだと思う。

当たり前の気持ちで、生き続けるのだと思う。

いま、この瞬間、おなつはそれがひどく心地よくまぶしい。

「ごちそうさん。美味《おい》しかったよ」

三萩から銭を受け取ったおなつの唇から、ぽろりと願いが零《こぼ》れて落ちた。

「あの……もしもよかったら……ちまきの季節のその前に、これは珍しくて美味しいっていうものができたら、おふたりのところに持っていってもいいですか」

藪《やぶ》から棒にと自分でも思った。

思ったけれど、引けないような場所に自分を押しだしたくて、口にした。

「はい？　なんだい。突然」

きょとんとした三萩だったが、真顔のおなつを見て本気だと見定めたらしい。

「いいわよ。だったら、きやうちゃんのところに持っていきなさいよ。きやうちゃんちは小石川《こいしかわ》だ。小石川で高木《たかぎ》きやうという踊りの師匠の家っていったらすぐにわかるから」

「姉さん、どうしてうちに⁉」

「だって、ちまきを来年食べるって言ったのは、きやうちゃんじゃあない。きやうちゃんが食べて美味しかったら、私もご相伴に預かりますよ。でも、値段の高いのは嫌だよ。手頃で美味しくて珍しいっていうのがいいよ」

きっと三萩はそういう人なのだろう。思ったままを口にする。

そして、突然、きやうの家に持っていくようにと目の前で言われても、きやうは呆《あき》れ顔になったが、断りはしないのであった。

「三萩姉さんは食べ物に文句が多いわよねぇ」

「だってこの身体を動かすにはたくさん食べないとならないんだからさ」

「わかったわよ。じゃあ、美味しかったら、三萩姉さんに届けるわ。『たけの家』さん、美味しくできたら、たんと持ってきてくださいよ」

きやうが諦《あきら》めたようにおなつに言う。

一方、三萩はぱっと目を輝かせ、顔の前で両手をぱちんと合わせて鳴らした。

「そうだ。きやうちゃんは、おうちで、火曜の昼は子どもに踊りを教えてるから、火曜がいいよ。絶対にその日は家にいるし、きやうちゃんの教えてる子の親から持たされたお菓子がある。だから、私は昼過ぎにいつもきやうちゃんのところにお茶を飲みにいくのよ」

「姉さんは呼んでないのに来るのよね。これが不思議と、お菓子のない日は来なくって、お菓子のある日だけふらっとやって来る。妖怪《ようかい》みたいだと思ってますよ」

「妖怪って、あんた」

やいのやいのとふたりで言い合ってから、

「私はさ、こんなにでかいなりだから、嫁のもらい手はないと決めて死にもの狂いで踊りの稽古《けいこ》をして師範になったのよ。自分より図体のある女に惚《ほ》れる男は珍しいからね。自分の食い扶持《ぶち》を自分で稼いで、踊って暮らす気概で生きてるの。だから、女ひとりで板前っていう、あんたの料理を楽しみにしてるわね」

ついでみたいに三萩がそうつけ足した。

「え」

おなつの口から零れ落ちたのはそんな頼りないひと言で、もっと他に言いようがあったものだと思ったのだけれど。

「だから、の使い方がちょっと変だわよ、三萩姉さん」

きやうが、つぶやく。

「だいたい意味は通じるでしょうよ」

ふたりはおなつの前でちょっとだけ互いの肩をつつきあってから、

「じやあ、また」

と、おなつに背を向けた。

そうして暖簾《のれん》を片手で掲げる間際、きやうと三萩は見事に絵になる仕草でおなつたちを振り返り、

「期待して待ってるからね」

とふたり揃《そろ》って笑ったのであった。

出ていくお狂言師を見送って、おみつが、ばあんと音をさせて自分の頬を両手で叩《たた》いた。

「まったくもって、私はだめだ」

ぎょっとしておみつを見ると、おみつは憑《つ》き物が落ちたみたいにすっきりとした

顔になっている。おろおろと泣いて、弱った姿を見せていたのが嘘のようだ。

「……おっ母《か》さん？　なにがだめなの？」

「なにって」

おみつが苦笑を浮かべて口を開く。その頬に、自分で叩いた平手の痕《あと》が赤くついている。どれだけ気合いを入れ直したのだ。

「親だってのに、親らしいことをできないで」

これはまたさっきみたいに泣きだすのかと、おなつは怯《ひる》む。親に泣かれると、どうしていいか困ってしまう。

しかし、おみつはうってかわってしゃっきりしている。

「昔はね、お父《と》っつぁんがさっきの岡っ引きみたいな、ああいう手合いに裏で筋を通してくれてたんだ。あんたたちに見えてないところで、お父っつぁんは、あれこれ、店のために動きまわっていなさった。店に立つときは、なにかのときにちょっと包ませるために懐に銀を用意しておくってのは、あの人がよくやっていたことさ。私もさ、なにがあるってわけじゃあなくても〝なにかのときのために〟って、それだけは懐に持っていた。貧乏になっても、懐にいざっていうときの賄賂《わいろ》の銀……」

今日はそれが役にたってよかったけれど、と、おみつの顔が暗くなる。

「私はあんたに、教えそびれた。あんたは持ってないだろう。そういうときのための一朱銀」

「うん」

そこまで思い至ったことがない。

あらためて、もしも今日、おみつが来てくれていなければ、岡っ引きはおすえか、おなつを捕まえていったのだろうかと思うと、ぞっとする。

「……これは、私がやっておくべきことだった。悪かったね。——本当に、泣いてばかりじゃあいられない。今度は、私が、お父っつぁんのかわりだ。あちこち挨拶《あいさつ》に出向かないとならないね」

なにが起きたかわからずで、おいてけぼりのおなつを尻目《しりめ》に「ああ……おっ母さんの性根がとうとう戻った」と、おきくがふわっと笑いだす。

「そのうちこうなると信じてた。でも、けっこうかかったねぇ。おっ母さん。やっぱりおっ母さんの背中を最後にしゃんとさせてくれるのは、おなつお姉ちゃんだった」

おきくは、あらかじめ、決まった方向に物事が流れていったのだと決めているような涼しげな顔でそう続けた。

「私？」

おなつが自分の顔を指さす。おきくにはおなつの様子は見えないけれど、身体が勝手に動いてしまった。

「そうだよ」

「なんで？」

流れるようにとんとんと聞き返す。今度はおきくではなく、おみつが、仏頂面で「なんでって」と応じる。

「娘だからだよ。それで、あんたは自分の背負う以上のものを背負いがちなところが、私に似てるからさ。いちばん危なっかしいのは、おなつだって、お父っつぁんともよく言いあっていたもんさ」

「私がいちばん危なっかしいの？」

いちばんしっかり者だと自負していたのに、そんなふうに思われていたとは。

「折れるときは、ぽきりと折れる。それは、私もさ。似てるんだよ、私とおまえは。ずっと泣き暮らしてた私の格好を見てたから、おまえも納得するだろう？　お父っつぁんがいなくなって、私は、一回、折れちまったんだよ。でも……折れたところを継いで立ち上がる姿も、おまえのために見せてあげるよ。親として」

親だから。

「――あんたががんばってはじめたこの店、つぶさせやしないからね」

そこまで言ってから「なんだか格好悪いねぇ」と、おみつがぼやく。

「なんでもかんでも口に出しちまうのは、野暮だねぇ」

やれやれと首を振るが、

「でも、おっ母さん。なんでもかんでも口に出してもらったほうが、私はとても助かるよ。伝えないと、わかんないことが多すぎる。私はただでさえ、他人より物事が見えてないんだもの」

と、おきくがさらっと言いづらいことを口にした。

おきくにとって、自分の目が見えないのは普通のことで、それを資質のひとつとして飲み込んでいる。

おきくは杖《つえ》を片手に「それで、おっ母さん、もういくの？」と小声で問うた。

「そうだね。ここにいたってやることたぁないし、質屋に出せる質草を探そうかね。いい着物はとっくに質草だし、他はなにもかも燃えちまったから鍋《なべ》くらいしか出せないけど」

運がいいのか、悪いのか、父は、火事の直前に着物を質屋に預けていた。

芝居茶屋の店に立つ若女将が貧相な煤臭《すすくさ》い着物姿では、あんばいが悪い。おなつは店を開く際に、金貸しにまとめて借金し当面の着物を質屋から受けだしている。

「鍋はやめてよ、おっ母さん」

「わかってるよ。とりあえず、おたけ婆さんに挨拶しにいって、ついでに私は繕い物の仕事を探してくるよ。私は針仕事が得意だからね。『たけの家』で食い扶持《ぶち》が稼げなくても、別な口があれば心強い。そのぶん、おなつはここできっちり働きな。お狂言師の姐《ねえ》さんたちに食べてもらう、珍しくて美味《おい》しいものってのを作るんだろう？」

「今日すぐは作らないよ。野菜も魚もなんにもないもの」

「じゃあ明日《あした》からだ。それであのふたりに〝めっぽう美味しい〟って言わせるんだ。あの姐さんたちは、きっと、うちの料理が珍しくて美味しいって言ってまわってくださるよ」

弱っていたのが信じられないくらい、早口でまくしたてる。これはこれで、唐突に元気になりすぎて、心配だ。

「今日のあいつは嫌な岡っ引きだったけど、なかにはいい岡っ引きもいるからね。しょっぱなから、塩辛い対応はやめるんだよ。愛想笑いは忘れずにね。あんた、思ったことがすぐに顔に出るのは、気をつけなさいよ。私がいなくても、適当にあしらえるくらいの気構えを持っとくれ。若女将《おかみ》なんだから」

しかも説教もしはじめた。指摘されたのはおなつも自覚している欠点なので、うなだれるしかない。

「はい。がんばります」

「がんばらなくていいよ。あんまり気負うんじゃないよ。この店は、ちゃんとしているよ。ただ、世の中っていう大きなくくりで、贅沢《ぜいたく》が禁止されて、芝居ってものがつまはじきにされて、みんなの財布の口が固くなってるってだけだ。ちまきの月だけでも人を呼び込めたのは、すごいことだよ。猿若町に人が戻れば、きっと店の行く先も決まる。とにかく、私らは、この店をなんとか切り盛りして長く続けて、世の中っての景気を待とう」

聞こうとして聞けなかったことの、返事が向こうから、きた。

この店に客がこないのはどうしてだろう。なにを変えればいいのだろう。おなつが、日々、迷って、ひとりで考えていたことに、おみつがあっさり結論をくれる。

「それで、いいのかしら」

「それが、いいんだよ。猿若町に追いやられても、芝居がなくなることはないに決まってる。芝居じゃあなくても、なにかしら、楽しい遊びを誰かが思いつく。それが江戸だよ。いつか、いい風がまた吹くさ」

それにさ、と、おみつは言う。

「小茶屋には、小茶屋なりのやり方がある。振りの客がうちを選んで入ってくれるように、ちまきを売ったみたいに、次に売れるもんを作っとくれ。そうやって、小さな当たりを当て続けて、贔屓《ひいき》の客を作っていくんだ」

「次に売れるもんをって、そんなにたやすいことみたいに言われても」

大変なんだからと不満を言いかけたら、

「店を、つぶしたくないんだろう？」

と、ぴしゃりと言われた。そういえばおみつは「鬼女将」でもあったのだ。

「……はい」

がんばりますと言いかけて、言葉を止める。がんばりすぎるなと、言われたばかりだ。

——でも、がんばりすぎるなって言いながら、がんばらないと無理なことをやれって言うんだもの。

「ほら、顔に出る。不満に思ってるのが丸わかりだよ。大丈夫。おなつにだけ背負わせないよ。私も、私なりに考える。料理の才はないなりに、なにか見つかるかもしれないから。まあ、まず、おたけ婆さんのところにいってくるよ。だったら五目稲荷《いなり》を持っていこうか。おたけ婆さんは、うちの五目稲荷が好物だからね」

おみつは「そうと決めたら」の勢いで、五目稲荷を手早く竹の皮で包んで紐《ひも》でくくり、さっと暖簾《のれん》をくぐっていった。

おきくが「私もついていくわ、おっ母《か》さん。外でちょっと待っていて」と声をかけた。

「なんだか忙《せわ》しないったらないわね……」

おなつの唇からぽろりと言葉が転がり落ちる。

そういえばこれこそがおみつの日頃の姿であった。次から次へと仕事を見つけ、てきぱきとこなして、いつも忙しくしている母の姿しか記憶にない。

文句を言ったおなつに、おきくが小首を傾げて、ふふっと笑う。

「忙しないくらいのほうが、おっ母さんは調子がいいんだ」

「でもちょっと心配だよ」

「大丈夫。私がおっ母さんに気配りしとくから。しばらくは私がついて歩くようにしておくね。そうしたら、そこまで、あちこちいけやしないから。だって、私は、手がかかる」

こそっとささやいて、杖をついて外に出る。

三人の姉妹弟《きょうだい》のなかでいちばんのしっかり者で、したたかなのは、どうやらおきくのようである。各々の体調と心に配慮して、必要なときに、必要な声をかける。

「おっ母さん。おっ母さんがいてくれないと、道もわからないし、歩けない。置いていかないで」

おきくの声に、おみつが「大丈夫だよ。おっ母さんはここにいる」と応じている。

道がわからないというのは半分は本当で、半分くらいは嘘かもしれない。目が不自由なぶん、物覚えのいい聡《さと》い子だ。

——大丈夫、か。

おみつがおなつにそう言って——おきくもおなつにそう言って——おみつもおきくにそう言って。

つくづく『たけの家』はみんながあってこその店なのだと思う。得意なことを互いに持ち寄って、支えあっている。

どぉん、どぉんと太鼓が鳴って芝居小屋の口上の声が遠くから響いてくる。

猿若町は、そこかしこで、芝居がかかっている。高村屋の櫓《やぐら》が上がらずとも、別な芝居小屋の櫓があがる。歌舞伎がなくても人形浄瑠璃《じょうるり》がある。あるいは、道ばたで、小屋の前の高座で、若手役者たちが見栄《みえ》を切って自分の芸のお披露目をしている。

ここは、江戸から追いやられても、しぶとく生き延びようとする芝居の町だ。

「おすえちゃん、明日も今日くらい暇だったら、昼の間に安い土間席で芝居を見ておいでよ」

「いいんですか」

おすえは勉強熱心で、お茶子として煙草盆を抱えて客を桟敷《さじき》に案内するときに、客たちの邪魔にならない「いい相づち」を打ってみたいと最近言うようになっていた。

「いいよ。大丈夫。見られるときに見ておくといい」

「はいっ」

「おすえちゃんが芝居を見ているあいだに、私は新しい献立を作ってみるわ」

おなつは自分に活を入れるために、声に出す。

「えーっ。だったら、あたしも芝居より店にいたいです。若女将が作った美味《おい》しいものの味見をさせてくださいよ」

かわいい抗議に、おなつの頬に笑みが浮かぶ。

ずっとびくとも動かなかった暖簾に、やっと、風が当たった。

ふわりと捲《まく》られた暖簾に、おなつは外の様子を窺《うかが》おうと、一歩、足を踏みだす。

見上げると、空の日の色が記憶にあるものより少し、淡い。うんざりするくらいうるさかった蟬の声も、いつのまにかずいぶんと静かになっている。

「じゃあ、七月になったらなにを作ろう。夏の終わりに食べたいもの。それから秋に食べたいもの」

おなつが漏らした独白を、晩夏の風が巻き上げて、連れていった。

第四章　決意を込めた鰻もどき

月が変わって七月となった。

六月は市村座、河原崎座《かわらざき》の櫓があがり、そちらは大入り盛況だった。続いて七月はその大入りの客を引きつけたまま市村座は『名橘御未刻太鼓《なにたちばなおやつのたいこ》』、河原崎座は『源平布引滝《げんぺいぬのびきのたき》』と景気がいい。

けれど『たけの家』から目と鼻の先の、頼みの綱の肝心の高村座は七月はお休みだ。

とはいえ猿若町全部が閉じているわけではないから『たけの家』の暖簾を出して店を開ける。

客がたいして来ないのなら米もたいして炊かずともいい。稲荷寿司の揚げもそこまで煮ずともいい。おかずもそうだし、味噌汁《みそしる》もそう。入る銭が少ないのなら、出す銭も少なくし、一日の収支を少しでいいから黒字にする。

おなつは、そういう算盤《そろばん》を弾くのは得意なのであった。

今日も木戸札の予約が入っていない。

それでも店を掃除し、研いだ米を炊き、香の物と味噌汁を用意した。

朝早くに支度を整え、暖簾を上げたのに、今朝もすかさず閑古鳥が居座っている店で、おなつは板場に立っている。

おなつの横で、おすえが「今日はお揚げさんは煮てないんですよね。だったらなにを作るんですか」と聞いてきた。

「もどき料理よ」

今日から河原崎座が興行をうつ。

客が集うことに期待して、これを作ると決めていた。もどきといえども、材料も手間も稲荷寿司に比べると段違いだ。人のいない日に出して大赤字になっては目もあてられない。

——もどき料理は、実は、私の十八番《おはこ》。

父の喜三郎はもとが板前だったため、丁寧で、本筋の料理を作る。かつての『たけの家』で雇っていた板前も真面目な男で、喜三郎に教わったとおりの品を作ることに長《た》けていた。

一方、おなつは安いものを使って「似た」ものを作る「もどき」が好きだった。喜三郎にちゃんと本物を食べさせてもらったゆえである。真の味を知っているからこそ、似たものを作ることができる。

もっともそれは先代の『たけの家』が裕福だったからできた遊びだ。

でも――遊びだからこそ、と思うのだ。

好きにやっていたあれこれが、いまの自分を支えてくれるならなによりだと、三萩ときやうを見て、思いついたのである。

――私のこれは料理が好きっていうより、工夫が好きってことなんだろう。売れてない店を売れるためにどうしたらいいのかとか、手に入らないものがあるならそのかわりになにを組み入れて料理を作れば、寄せられるのかとか。

別の素材を使って、料理を見立てる。鮎《あゆ》の時季に、鮎のかわりに豆腐と蓼《たで》を使った鮎の塩焼きは、見た目こそ似ていないものの、ひとくち囓《かじ》ると「これは鮎だね」とみんなが目を丸くした。

「今度のもどきは、鰻《うなぎ》にしたいの。土用の丑《うし》の日までに鰻もどきの美味しいものを作ってみせる」

土曜丑にみんなが鰻を食べたがる。しかしきっと今年も鰻の数は少なくて、蒲焼《かばや》き屋で出す鰻は高騰する。

だったら、売り方さえ工夫すれば、似たものを、ついでにと、手にとって食べてくれる客がいるはずだ。

「お狂言師さんたちが鰻食べたいってお話をされていましたもんねえ」

おすえの相づちに「そうよ」とおなつは、うなずいた。

「あんまり高いのは、だめなのよ。本物じゃあないんだから。でも、もどきであっても鰻はねぇ。タレに砂糖を使うし、卵の白身も使うから、どうしたって高くなる。それでも、鰻もどきだからこそ、おもしろいって言ってもらえるなら……」

おすえに説明をしながら、手を動かす。

「まず、もどきの鰻を作らなくちゃね。鰻はあのタレと、山椒《さんしょう》が、味を決めている。他は脂と舌触り。カリッと皮を焼いた香ばしさも欲しいのよ」

もどき料理に使い勝手がいいのは豆腐である。

手軽に買えて、旨味はあるけれど豆腐そのものの味は薄い。豆腐と「なにか」を混ぜあわせて、焼いたり、揚げたりしていくと、だいたい味がまとまるのだ。

なので、今回も豆腐を使うことにした。

「お手伝いしましょうか」

そう言ってくれたおすえに「じゃあ、山芋を摺《す》りおろしてくれる？」と、今朝方買った立派な山芋の皮をするすると剝《む》いたものを手渡した。

「はい」

「手につくと痒《かゆ》くなっちゃうから、気をつけてね」

「はい」

おすえがごりごりと音をさせて山芋を摺っていく。とろりと粘った山芋が、丼のなかで白く溜《た》まっていった。

岡っ引きが次に来たとしとて、もうおなつたちには袖《そで》の下で渡せる銀がない。稼いでおかないとどうにもならない。

開いたばかりの店なのに早々に崖《がけ》っぷち商売だ。

それでも、七代目團十郎の東西ちまきと同じくらい、おもしろそうで、美味しくて、ちょっと変わったものが店に出れば、あと少し、しのいでいける。

あれこれと考えながら手を動かしていると、

「できました」

おすえが摺りおろした山芋の丼をおなつに渡した。

おなつは水切りをした豆腐をすり鉢に入れ、塩を振る。そこにおろした山芋を加え、ごりごりとすりこぎをあてて練っていく。

次に海苔《のり》を用意して、切った。海苔は鰻の皮の部分に見立てている。切った海苔を広げ、そこに卵の白身を混ぜたものをひと刷毛《はけ》、塗った。これがないと皮と、もどきの鰻の身がうまくくっつかずに剝《は》がれてしまう。

山芋と豆腐は鰻の身。海苔に載せて、鰻に見えるように厚みをあわせて広げていく。開いてさばいた鰻の形になるように、真ん中に一本、すーっと筋を入れてくぼませる。

もどきで作った鰻を、熱した油のなかに投じて、じゅわっと揚げる。

油のなかでぷくぷくと小さな泡が弾けている。香ばしい匂いが立ち上ってきて、おすえが「うわあ」と小鼻をひくひくと動かした。

身の側に薄い色がついたら油から上げて、さらにここからもうひと手間だ。

鰻の蒲焼きの美味しさは、炭火で焼いた香りと焦げだ。鰻もどきも、網に載せて、細めの火加減で一枚ずつ、焼いていく。加減を見ながら、醬油《しょうゆ》に砂糖、酒と味醂《みりん》で甘じょっぱく味をつけたタレを刷毛で塗る。

香ばしい焼き目がついたところで皿に取り、山椒をたっぷりかければ鰻のもどきができあがる。

皿に盛って眺めてみると、タレのついた身は綺麗《きれい》に照りが出ている。海苔の部分もちゃんと鰻の皮に見えて、焼きたての匂いもあわせて、我ながらとても美味《おい》しそう。

「本物の鰻に見えますよ」

おすえが鰻もどきをしげしげと見つめ、感心する。

「もどきですもの。似て見えないと話にならない。ひとくち食べてみて」

おなつがおすえに言って箸《はし》を渡すと、おすえは転がるような勢いで「はい」と応じて、鰻もどきに箸を入れた。

箸の先でふわりと鰻もどきの身がほぐれた。断面も、きちんと鰻に似て見える。

「美味しいっ」

おすえが目を丸くした。嘘ではないのが、もぐもぐと口のなかで嚙《か》みしめている様子から伝わった。美味しいものを食べるとき、おすえは「この美味しさを口から逃がしてはなるまい」というように、むっと唇を引き結んで、嚙みしめる癖がある。おすえ自身はどうやら気づいていないらしいが、ずっと一緒にいるので、おなつはその癖を知っている。

「どれ」

おなつも箸を手に鰻もどきをつまんで、齧りついた。最初に感じるのは醤油と、炭火で焼いた焦げの匂い。舌の上でほぐれる身は山芋の力を借りたため、ねっとりとして濃厚だ。海苔の部分は少し固めに揚げられて、油を吸って重たい仕上がり。けれど海苔の皮を歯で引き千切ると、豆腐の旨味に甘じょっぱいタレと山椒がからみあって、舌触り含めて、鰻の蒲焼きの味になっている。

「うん。やっぱり鰻はタレと山椒が決め手だね。油で揚げたから、鰻に見合うくらいの食べ応《ごた》えがある」

それでも、もどきは、もどきだ。

似て非なるものとして、どうやって見映えをよくするか。美味しく食べてもらえるか。店に並べるその前に、お狂言師のふたりに納得してもらえるものにしようと、脳内でさらにあれこれ考える。

「小石川に持っていくのは鰻もどきの鰻重《うなじゅう》と、それから鰻もどきの握り飯にしよう。ご飯に鰻のタレを使って、しっかり味を染み込ませたものを握り飯にして、その上に、この鰻もどきを載せる。どう思う?」

握り飯のなかに鰻を入れるのではなく、大きく切った鰻もどきを、握り飯の表面に貼りつける。

「贅沢《ぜいたく》をするのなら、海苔も一枚まんま持っていって、その場で炙《あぶ》って、切って、鰻《うなぎ》もどきの載っていない側に貼りつけて食べる。店で出すのにそこまでやってはいられないけど、三萩さんときやうさんには、おっ、と思ってもらいたいから」

嘘ではない程度に見栄《みえ》を張った、そんな一品が、この鰻もどきだ。

味わいはもちろんだけれど、見た目と香りと、その場で海苔をつけ足して形を変えるという手間で、三萩ときやうに納得してもらいたいと思ったのだ。

残った鰻もどきを削ぎ切りにして皿に置く。

さらに、タレを手のひらに零《こぼ》し、炊きたてのご飯をふわりと握る。タレの味をご飯に馴染《なじ》ませてから、鰻もどきの一片を上に載せ、押さえつけるようにぎゅっと手のひらのなかで転がした。

丸く整った鰻もどきの握り飯に、山椒の粉をぱらりと振って、

「食べてみて」

とおすえに渡す。続けて自分のぶんも同様に握って、作る。

おすえは両手で鰻もどきのおにぎりを抱え、大きな口を開けて頬張った。がぶりと食べると口を一文字にしっかり閉じて、無言でもぐもぐと咀嚼《そしやく》する。大きく丸く

開いた目がぱたぱたと瞬いて、幸せそうに細められた。

——これは、美味しい顔だわね。

おなつも握りたての鰻もどきのおにぎりを「いただきます」と口にした。

「うん。美味しい」

思わず声が出るくらいにうまくできた。我ながら絶賛の「もどき」であった。

タレと山椒が白米に染み込んで、嚙みしめるごとに味がする。海苔の香りと山椒が鰻もどきにも米にもよく合った。

「はいっ。美味しいです」

きらきらと目を輝かせて、おすえがうなずいた。その丸い頰に茶色い米粒がついている。おなつが指をのばしてつまみあげ、ぱくりと米粒を食べるのを見て、おすえがくすぐったかったのか身体を揺らし、照れた笑いをぱっと零した。

「これ、味も美味しいけど匂いも美味しいですよ」

おすえの言葉におなつは、はっとする。

「匂いも美味しい？　鰻を焼くときのタレの匂いって、お腹がすく匂いだものね」

だったら、と、おなつは店の戸を開け放してみる。

鰻もどきのいい匂いを外に流したら、お客さんがふらりと入ってくれるかもしれないと思ったのである。

月が変わったからといって一気に秋になるものではないのだけれど、それでも今朝の風は昨日よりも少し涼しい。

「考えてみれば匂いだけじゃあ頼りないわね。よその茶屋では外に献立を書いて貼ってみせている」

おなつは紙を取りだして『鰻もどきの握り飯』と書きしるした。「もどき」の文字の横には、きっちりと、目立つように丸をつけた。鰻ではなく「鰻もどき」。もどきであることをわかったうえで、食べてみたいと思ってもらいたい。

そのうえで美味しいと言わせたい。

書いた紙を小さな簾《すだれ》につぶした米粒で貼りつけて、おすえに頼む。

「おすえちゃん、これを店の外の目立つところに貼ってきて」

「はいっ」

おすえがぱたぱたと外に出る。店の名前と紋のついた提灯《ちょうちん》と、簾看板を外に掲げた。

そのままおなつは、鰻もどきをいくつも揚げたり、焼いたりしていった。美味しい匂いの湯気と煙が店のなかを漂って、ふわふわと外に零れていく。

「……そこに書いてる、鰻もどきってのはどういう食べ物だい」

と、男女のふたり連れが暖簾をくぐる。赤い簪《かんざし》を頭に挿した若い娘と、よろけ縞《じま》の着流しの若い男。たまの贅沢にと芝居見物にきたクチか、寄り添って互いを見つめる様子がずいぶんとむつまじい。

「はい。こちらです」

大皿に並べた鰻もどきの握り飯を小上がり手前の見世棚にどんと置く。

「なんだ。どう見ても鰻じゃねぇか。どのへんが〝もどき〟なんだい」

「それは食べてのお楽しみです」

おなつが応じると、ふたりは顔を見合わせて、

「どれ。じゃあひとつ、いただこう」

と、うなずきあった。

「はいっ」

「持っていって食べながら見ようと思ってたけど、いい匂いがすぎて我慢がきかねぇ。ひとつ、ここでつまんでいくか」

鰻もどきの握り飯を頬張った男の目が見開かれる。そして不思議そうに、食べかけの鰻もどきを見つめている。

「なんだ。味も、相当、鰻じゃあねぇか。本物と遜色《そんしょく》ねぇよ。って言いたいけど、しばらく鰻を食べてねぇから本物の味を忘れちまったなぁ」

「そんなに？　じゃあ、あたしも」

そう言って食べた途端、娘の声がはね上がる。

「美味《お》しい。なにこれ美味しいね。もしかしたら本物の鰻より、あたし、こっちのほうが好きかもしれない」

「それは言い過ぎだろう。でも……旨いな。それに握り飯っていうのが食べやすくていい。もう一個ずつもらっていって、芝居見ながら、これをツマミに酒でも飲むか」

「うんっそうしよう。ふたつちょうだい」

おすえが乾かした竹の皮で鰻もどきの握り飯を二個包む。

銭と引き替えにふたりは包みを持って肩を寄り添わせて出ていった。

その後の朝のあいだはちらほらと客が来た。

そして昼になったらどんどんと客が来た。

みんなが一様に「芝居見てたら隣でなんか旨そうなものを食ってる奴がいて、どこのなにだいって聞いたら『たけの家』の『鰻もどき』だって言うからさ」と、近くで食べているのを見て、自分も食べたくなって買いにきたのだと言っていく。そんなに売れやしないだろうと米の用意を怠ったから、途中からは「ごめんなさい。今日は売り切れです。また明日《あした》以降で」とおすえとふたりで頭を下げた。

土用の丑《うし》の日を待たずに鰻もどきは連日売れて『たけの家』も毎日盛況だ。土間客がツマミにと買っていくのもそうだが、芝居の裏方の衣装係や道具係がふらっとやって来て買っていったり、店で鰻もどきをツマミに酒を飲んだりと、賑《にぎ》やかだ。

多すぎず、少なすぎずの鰻もどきの握り飯の数を把握して、うまい商いができるようになるにはもう少し、日にちを見ないとならないが、閑古鳥はやっと店を飛び立ったようである。

七月は深川で盂蘭盆会《うらぼんえ》の草市がたち、盆に必要なものをみんなが買いにいく。十六日は藪入《やぶい》りで、商家の使用人はみんな休みをもらって親もとに帰ったり、芝居見物に猿若町を訪れる。

のんびりとできる遊びの日——猿若町はてんやわんやの大騒ぎだ。

おなつとおすえは朝からきりきりと働いて、たんと炊いたご飯を、鰻もどきの握り飯に仕上げて大皿に盛った。

それが次から次へと売れていく。

日が暮れる頃に、おひつが空になる。さすがに見込み違いではとおそるおそる炊いた二升のご飯だ。おひつの底にこびりついた米粒をつまんだ途端、おなつは、安《あん》堵《ど》なのか、疲れなのか、力が抜けて、その場にへたり込んでしまった。

「おすえちゃん。もう今日のご飯がないよ。暖簾を片づけてきておくれ」

「はい」

駆けだしたおすえの後ろで、おなつは、おひつを掲げて、大声で言う。

「ご飯はもうおしまいだよー、鰻《うなぎ》もどきは終わりだよー」

空の端が赤く染まった夕焼けに、おなつの声が吸い込まれて、消えていった。


なんとかやっていけそうだと、この先の『たけの家』に光が見えた秋である。

一時しのぎの小さな光でしかないが、なにもないよりずっといい。

そもそもが芝居茶屋は、猿若町の景気に左右されるもの。江戸のみんなが娯楽を楽しむ心持ちと、豊かな財布を持たない限り、どうあがいても尻《しり》つぼみになっていく。

──だけどさ、江戸っこはきっとしぶといんだ。

夕女之丞の凧《たこ》の話を思いだす。おみつの言葉も胸にある。

『芝居じゃあなくても、なにかしら、楽しい遊びを誰かが思いつく。それが江戸だよ。いつか、いい風がまた吹くさ』

夜になったが、店のなかの明かりはまだ消せない。

なぜならば──。

「姉ちゃん」

勝手口を開いて、夕女之丞がするりと店に入ってくる。その後から、申し訳なさそうに、大きな身体をちぢこめて入ってきたのは数馬であった。

──夜になったらいくから、自分たちのぶんの鰻もどきを残しておいてくれって頼んできたのだ。

夕女之丞と数馬がそのまま小上がりに座るので、

「とっといてくれよって、そんなこと、普通はしないいんだよ。本当だったらお客さんにふるまうもんなんだ」

と、おなつはひとりに二個の鰻もどきの握り飯を皿に載せ、運んだ。文句を言いながらも、皿のはしに香の物を添えてしまうし、酒の徳利《とっくり》も用意する。自分はつくづく弟に甘い。身内に甘い。

「うん。だけどかわいい弟の頼みだから、普通じゃなくてもしてくれる」

「それは……かわいい弟じゃあなく、夕女之丞が私を助けてくれたからだ。贔屓《ひいき》のお客さんを紹介してくれたし、ちまきのときの恩もある」

おなつが勝手に「かわいい」と思うのはいいのだけれど、夕女之丞に「かわいいと思っているよね」と言われると、なぜかしゃくに障るのだ。だからなんのかんのと言い訳をする。

それに——感謝しているのは真実なのだ。

なんのかんのと夕女之丞はおなつを助けてくれた。頼りがいがないと思わせて、ずいぶんと頼りになる弟だ。

そういえば、おなつは、役者修行をはじめてからの夕女之丞のことをよく知らない。家を飛び出て、弟子入りして、きつい修行に音を上げず、舞台に立つようになったのはたいしたものだ。

——苦労をしたんだろうね。

おなつはずっと、自分の苦労を見つめてばかりだったのだと思う。特に先代の『たけの家』が火事にあってからは、己だけで精一杯。家を出た後の夕女之丞の苦労を慮《おもんぱか》ることもできず、どこかで侮っていた。少しばかり恨んでもいたのかもしれない。

――でも、夕女之丞はそんな私の余裕のなさをほっといてくれたんだ。

「あたしはこんなにかわいいのに、姉ちゃんは本当にかわいくないねぇ。ね、数馬？」

おなつが心のなかで反省しているのも知らぬまま、夕女之丞はいつもと同じに、軽いことを言っている。

「いや。おなつは、かわいい」

そして数馬が即答した。

「え」

おなつの口から言葉が漏れる。

「わ」

夕女之丞が口元を両手で覆い、目を見開いた。

「いや、でも、夕女之丞のほうが綺麗《きれい》は綺麗だ」

数馬が慌てたように言い募り、それはなんの足しにもならない余計なひと言すぎたので、おなつは「もうっ」と夕女之丞の肩を平手でとんっと叩《たた》く。

「なんであたしを叩くのさ。叩くんなら数馬だろう」

「数馬は正直なだけなんだもの。そんなことを言わせたあんたが悪いよ、夕女之丞」

「そうだけど……って、あ。いま、姉ちゃん、あたしのことを夕女之丞って」

「だってあんたちゃんと役者だもの。この仕事をしてる限りあんたの舞台を見にいくことはなかなかできないけどさ、それでも機会を作って、おすえちゃんとふたりで見にいくよ。これぞっていう役についたら教えとくれ」

なんだか照れくさくなって早口で言う。

「……うん」

夕女之丞がおなつの言葉をかみしめるみたいに、小さくうなずいた。恥ずかしくなるとおなつは饒舌《じょうぜつ》になる。夕女之丞は逆に言葉数が減る。

目元をぽっと赤くして照れくさそうに笑っている夕女之丞は、おなつの記憶のなかにある弟の顔だった。

夕女之丞は鰻もどきを頬張って、

「こいつは旨ぇな。冷めても旨ぇんだから、焼きたてはさぞやだ。熱々のやつを白いご飯にのっけて食べたいもんだ」

と大騒ぎだ。

あんまりうるさいものだから、おすえがつられて笑いだし、おなつの顔を見上げている。

今宵の空は明るくて、月も星もつやつやとした光を零《こぼ》し、瞬いている。

外は、青い夜だった。

窓越しに月の光が店のなかに差し込んでいる。

行灯《あんどん》の火がちらちらと揺れて店の壁に影を作る。

「数馬は食が進んでないようじゃあないか。もしかしてお腹がいっぱいなのかい。だったら、あたしがそれをもらってもいいんだ……って」

夕女之丞はあっというまに自分の分をたいらげて、皿にまだ残っている数馬の鰻もどきに手をのばした。数馬の手がすばやく動き、夕女之丞の手首をつかんで止めた。

ぱしりと手の甲を叩いて、離す。

「味わっているんだ」

数馬は皿を自分の側に引き寄せて「むしろ、もっと食べたいくらいだ。美味《おい》しいよ」とおなつに言った。

「そうかい」

つい、そっけなく応じてしまったけれど、嬉《うれ》しくて、おなつの頬は勝手に緩んでいる。

「おすえちゃん、お酒の徳利をもう一本、運んであげておくれ。私は明日の分の米を研いで、仕込みをするから」

小上がりから板場に戻るおなつの声は、ちょっとだけ潤んでいる。

「はいっ」

いそいそと徳利の用意をするおすえも、なんだか嬉しげだ。

「明日は火曜で、小石川にも持っていかなくちゃあならないから、今日より多めにお米を炊こうと思うんだ」

小石川に住んでいるというお狂言師のあのふたりは、鰻《うなぎ》もどきを美味しいと言ってくれるだろうか。珍しくて美味しいけれど、そこまで安くはできなかったから「ちょっと高いね」と文句を言われるかもしれないけれど。

「それで、明日は、私がいないあいだはおっ母《か》さんにここをまかせるつもりなんだけど……おっ母さんと、おすえちゃんふたりで大丈夫かしら」

案じる声で問いかけると、

「大丈夫ですよ。鰻もどきの仕込みだけきっちりしていっていただければ。握るのも、売るのも、あたしと大女将《おかみ》さんでやれますとも」

おすえがきっぱりと返事をした。

「そう。大丈夫」

誰に言うでもなく、おなつの唇から言葉が転がり落ちる。

珍しくて、おもしろくて、美味しいものを作ってみようと思う。ちゃんとできるかどうかはわからないけれど、やらないでいるより、やったほうがいい。『たけの家』の暖簾《のれん》を守り続けるために、やれる努力をやっていこう。おなつが不得手なことはきっと、おみつや、他の誰かが支えてくれるだろう。


（本書は書き下ろしです）

参考文献

『二代目市川團十郎の日記にみる享保期江戸歌舞伎』ビュールク トーヴェ　文学通信　2019年
『新訂増補　歌舞伎人名事典』野島寿三郎（編）　日外アソシエーツ　2002年
『大江戸歌舞伎はこんなもの』橋本　治　筑摩書房　2001年

芝《しば》居《い》茶《ちゃ》屋《や》たけの家《や》味《あじ》ごよみ

大根役者《だいこんやくしゃ》といかのぼり

佐々木禎子《ささきていこ》

令和7年 3月25日　初版発行

発行者●山下直久

発行●株式会社KADOKAWA
〒102-8177　東京都千代田区富士見2-13-3
電話　0570-002-301（ナビダイヤル）

角川文庫 24590

印刷所●株式会社暁印刷
製本所●本間製本株式会社

表紙画●和田三造

ISBN 978-4-04-115776-3　C0193

◇◇◇